新潮文庫

人間をお休みして
ヤギになってみた結果

トーマス・トウェイツ
村井理子訳

人間をお休みしてヤギになってみた結果◉目次

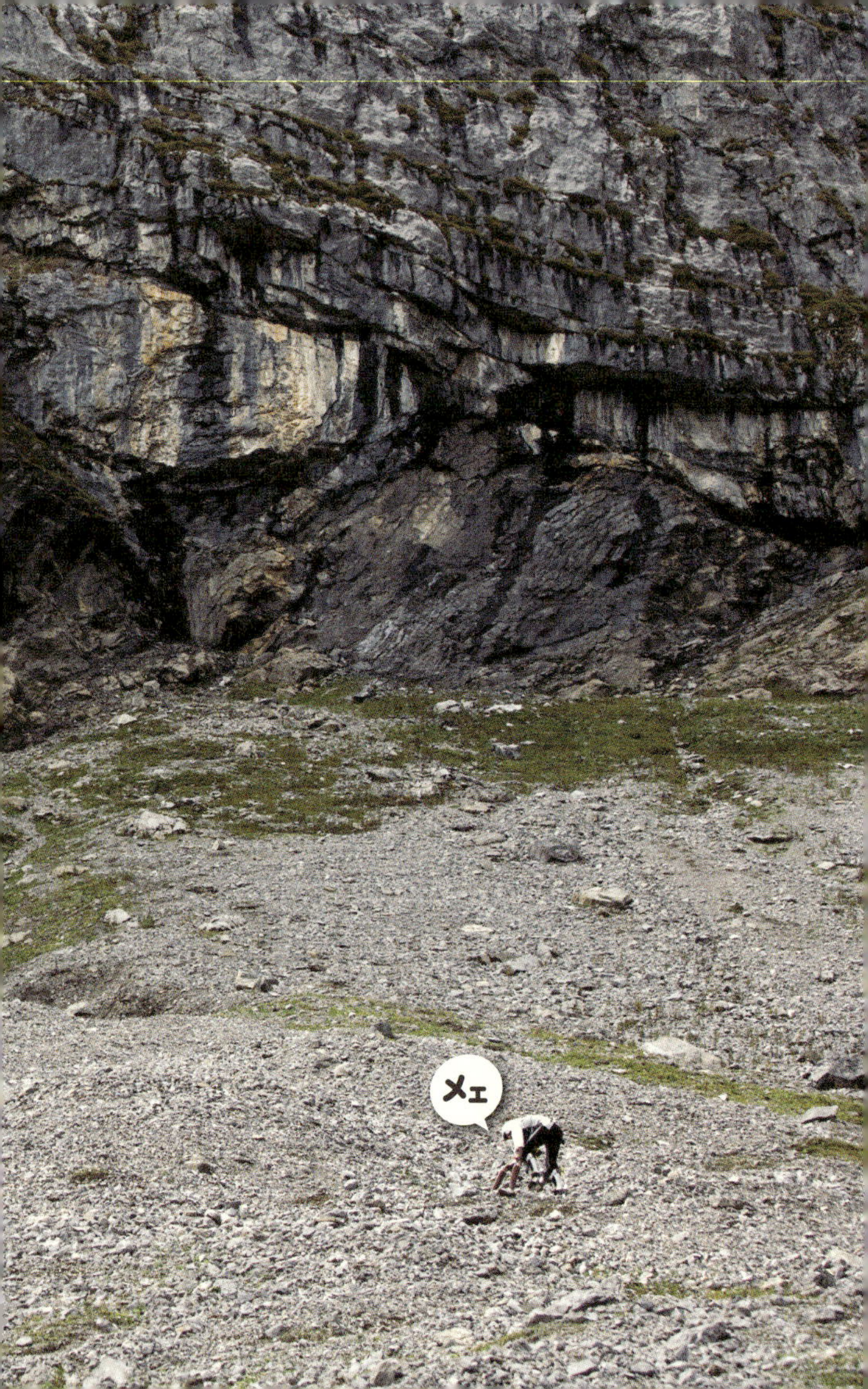
メェ

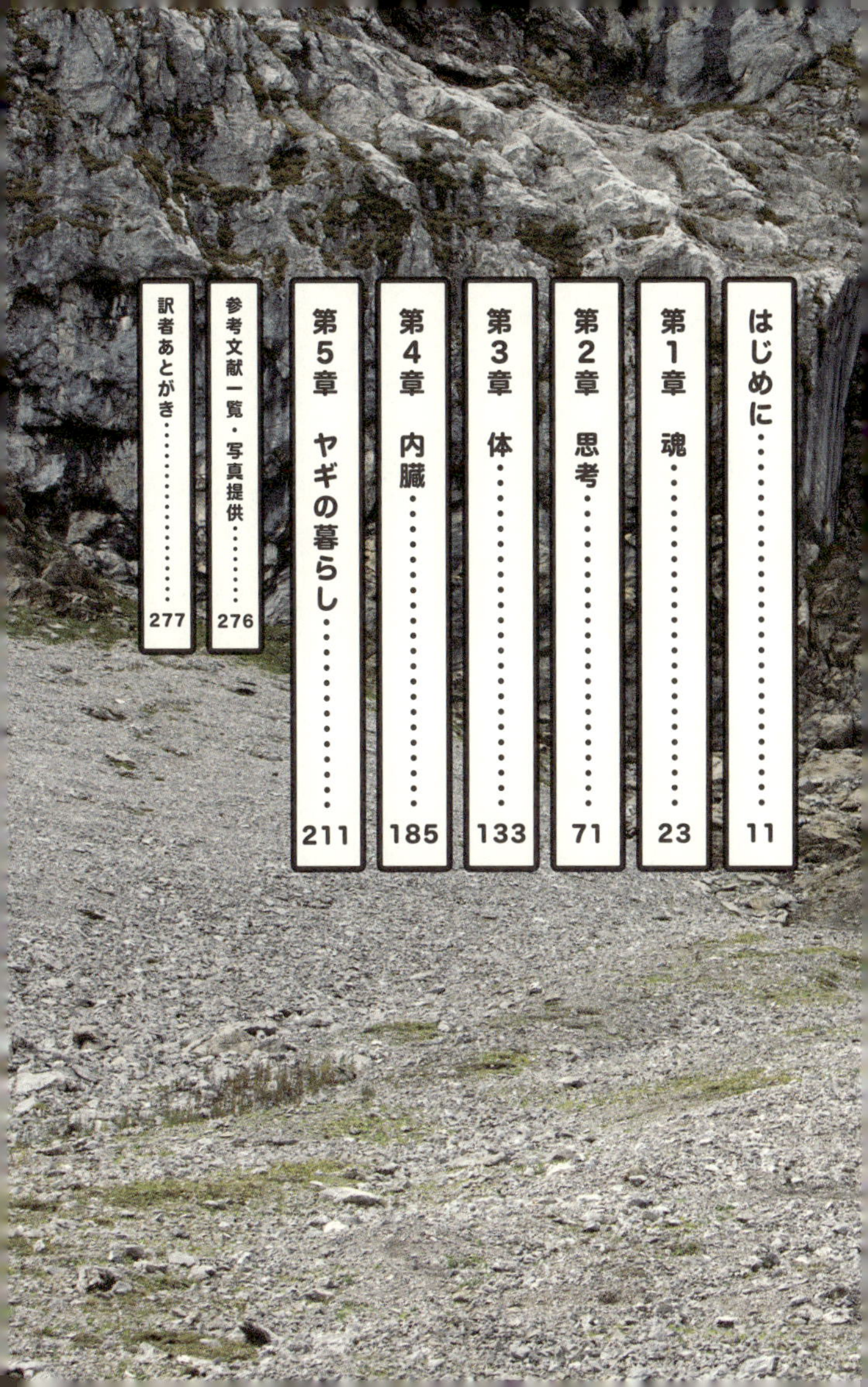

満足な豚であるより、不満足な人間であるほうがよい。
満足した馬鹿《ばか》であるより、不満足なソクラテスの方がよい。
――J・S・ミル『功利主義論』(一八六三年)

人間をお休みして
ヤギになってみた結果
トーマス・トウェイツ
村井理子＝訳
新潮文庫

僕の両親、リンジーとフィリップ・トウェイツに捧《ささ》げる

はじめに Introduction

ロンドン、ウォータールー（晴れてはいるが、肌寒い）

偉大なる地球は回転し、再び、朝の忙しい通勤時間がやってきた。スタスタとコンコースを歩く靴音。トントントンと階段を上がって、テムズ川にかかる橋を渡り、ロンドン中心部にある職場へと向かう人々。男も女も、同じ方向を目指して足早に通り過ぎて行く。スーツとネクタイの男達は金融業だろう。ジャケットとジーンズはソーホーにあるクリエイティブ系だろう。ジーンズとTシャツ姿の男は、さしずめＩＴ系。それとも、やる気を見せるなんてダサいってタイプだろうか。僕は女性達の服装の類型学に精通しているわけじゃないけれど、男性に対する見方と同じようなものはあるのだと想像している。少なくとも、僕の意識の中には登録されていない、もっと繊細な表現がそこにはあるのだろう（でもルイ・ヴィトンで働いたことがある友達が言うには、客を見る時は服ではなく髪を見ろと訓練されるらしい。清潔な髪でお粗末な服を着た人間＝エキセントリックな貴族。ただの粗末な服装＝女性の路上生活者ということらしい）。

ということで、なぜ僕はジーンズとTシャツを着て（僕のキャラクター的にはジャケットにジーンズの可能性もあるわけだけれど）、オフィスに向かって歩いてないと思う？　なぜかというと、僕は今週、姪《めい》っ子の犬の面倒を見ているからだ。**なぜって僕はヒマだから**。なぜって僕には（ちゃんとした）仕事がないから。だから、行くオフィスもないってこと。ガールフレンドはちゃんとした仕事に就いているから、階段を上がって橋を渡ってオフィスに行くわけだけれど、僕は彼女とそこで別れて、こうやって足下に犬を従えて、カフェで僕以外のみんなが目の前を通り過ぎるのを見ているというわけ。

　この光景は、僕の今を上手に要約していると思う。僕以外の大人は目的を持ちつつ前に進み、成長し、仕事に向かい、キャリアを確立し、大人としての生活を送っている。そして僕はといえば、ここに座ってコーヒーを飲み、姪っ子が飼っているノギン君（犬）が、通りに落ちている汚いものを食べないように目を光らせるという、一日の中で最も重要な任務を遂行しているというわけだ。僕は今、三十三歳という年齢で、（ちゃんとした）仕事がないことが最近になって少し心配になってきた。だって、だって、普通は「将来」ってものがあるでしょ。そりゃ、フリーランスのデザイナーとして、**今のところは**、なんとか食べることは出来ているけれど、そう遠くない将来、自分の未来の家族を養うっていう必要も出てくるかもしれないじゃないか。僕は成熟した大人の男性であるはずだけど、事実上、父と同居しているわけで（ロンドンに一人で住む場所を確保するなんて夢の話だ）。昨日は**銀行から口座の開設を断られちゃったし**（そして今朝はそれについて書面も受け取った。間違いじゃなかった）、二週間前に送った履歴書の返事はまだ戻ってきていない。

わかったよ、わかったって、わかってるってば。まわりから言わせれば、僕なんてセーフティネットありの恵まれたガキだろうし（なにせ、父と永遠に同居したってかまわないでしょ？）、これについては昨晩喧嘩《けんか》した時にガールフレンドも長々と指摘してくれた。でもね、いくらスネかじりだと呼ばれても、そんなことは今僕が感じているこのやるせなさに対して、全く役に立たないんだ。なぜなら、いくらそのセーフティネットがしばらくの間はとても大事な命綱だとしても、いつかはしっかりと暮らさなくちゃいけない。人生というサーカスの中で、安定した止まり木みたいなものに辿《たど》りつかなくちゃならない。僕が今まで通ってきた道は、目的を持ったまっすぐなものじゃなくて、どちらかと言えば横道にそれっぱなしだった。信頼のおける中年男性として、もっとしっかりとしていれば、本来ならばもっときちんとした暮らしができていたはずなんだ。わかるでしょ？　最悪でもこんな状態からは、さっさと逃げ出しておくべきだったでしょ？　安定した給料を稼いでいて当然なんだ。だって僕、三十三だぜ？　それなのに……。今の僕には何もない。そして、これから先も。僕の自尊心ってやつは、深く沈み込んだままだ。

　でもさあ、トーマス君、一応は成功してるでしょ？「トースター・プロジェクト」はこの前、ヴィクトリア・アンド・アルバート博物館のパーマネントコレクション（訳注　美術館が買い上げ、永久に展示する美術品）に認定されちゃったし。これってお国の宝って意味だよ！　それってすごいことじゃない？　それに、このプロジェクトに関して書いた『ゼロからトースターを作ってみた結果』って本にだって、世界中からとても素晴らしい感想や反応が届いている。これもすごくない？　それに、プロジェクトについてのテレビ番組だって制作してもらったじゃないか（これもすごくない？）。でも……。テレビ番組出演はかなり恥ずかしかったし（ほんと最悪）、ベトナムとオーストラリアと韓国（たぶん南の方）でしか放映されなかったらしい。あーあ。あの本はまぐれの大当たりだったかもしれないし、ありえないことだったのかもしれないね。だから、僕ってやつは、いわゆる一発屋なのかもしれない（全然すごくない）。それに、あのプロジェクト、すでに四年も前だぜ！　お前は今、何をやっているんだよ？　お前はとっくの昔にピークを迎えて、すでに沈没気味じゃないか。お前がトースト食べて遊んでいる間に、仲間は博士号をとり、給料をもらいはじめ、キャリアを得て、人生上向きじゃないか。お前の最も長い付き合いの友達は、本物の医者だぞ！　この前なんて、**病人の胸腔《きょうくう》に手を突っ込んで、素手で心臓マッサージをするという英雄的試み**を行って、人間の命を助けようとしたんだ。残念ながらその人は死んでしまったけれど、それでもすごいことだろ。そしてトーマスよ、お前は一体何をやっているんだ？　……ええと、おいしいコーヒーを飲んでいる。年ばかりとっている（マイナス1）。白髪が増えた（マイナス10）。そして誰の命も助けていない。それはまるで、集団のトップあたりにいたってのに、アクセルから足を外しちゃって、待避所に車を停めてのんきに緑のにおいをかいで、周りを見まわしてみたら……。うわあビビった、後にいたヤツが、全員先に行っちゃったみたいな状況だ。突然、知っている人たちみんなが本気で仕事に取り組み、重要な仕事に就き、僕を追い越し遥《はる》か遠くに行ってしまった。そして僕の車はエンジンがかからない。ハマっちまった。暗くて、デカい穴にハマって、動けなくなったんだよ、僕は。

　ああまったく情けないなあ、トーマス。**問題はお前なんだよ**。こういう悩みは、いわゆる自己陶酔型のもので、本当に心配しなくちゃならない様々なことがらに比べれば、笑っちまうぐらいちっぽけなものだ。次の食事の心配をしなくていいんだから、ありがたいことさ。でも、それがどんな悩みだとしたって、僕の悩みであり、今となっては悩みの方が僕を心配するまでになってしまった。

こんな浮き沈みする様々な心配事に、この地球上のすべての人も悩まされているのだろうか。いなくなったと思ったらまた戻って来て、手痛い目に遭わせたりするのか？　僕の甥《おい》っ子は四歳と少しだけれど、彼は死について悩んでいる（実際に死ぬことだけではなく、死が存在するということに悩んでいるのだ）。ママもパパも自分も、そしてすべての人が、いつか必ず死を迎える（それを知ったばかりだとすると、相当ショックな事実だ）。それじゃ、われらが女王はどうなんだろう。エリザベス女王の悩みってなに？　最も名誉があり、尊敬される人生を送っている人じゃないか。それなのに、彼女が不安に思うことってなんなのだろう？　伝統の重み？　後に続く王族への期待とか？

もちろん、女王にだって悩みはあるさ。だって、人間の仕事は悩むことなんだから。でも、ノギン（犬）を見てくれ。そりゃ、あいつにだって好き（道路に落ちている食べ物）と、嫌い（留守番）はあるだろうし、近い未来に対する欲望もあるだろうが（あそこに行って、道に落ちているものを食べたい、とか）、ノギンに「悩み」があるとは、僕には到底思えない。ノギンと女王は、大まかな点で同じだ。食べ、眠り、排《はい》

ノギン（悩まない）

女王陛下（悩む）

泄《せつ》し、コミュニケーションを取り、道具を使う（相当なバカ犬のノギン自身が使うっていうんじゃない。ヤツのいとこにあたる犬が、テーブルを引っ張ってきて、脚立《きゃたつ》として使ったことがあるらしいよ）。それでも、ノギンと女王だったら、悩むのは女王だけだ。

　この事実から得た結果に基づき、**何か**について悩むためには、まずは**それ**が起きるのか、起きないのかについて想像する必要があるのだとの考えに僕は行き着いた。これは、**未来について心配するためには想像しなければならない**ということだ。今現在の僕は、将来について多くのことを想像している状態であり、そして今のところ、その本来なら実現可能な未来を想像することが難しいと思いはじめている。これは決して、僕自身の見通しの甘さだけが理由ってわけじゃなく、世界の未来がすごく危惧《きぐ》すべき状況にあるからに違いない。ニュースを見れば、僕らの住む世界が非常にまずい状況になっていることは、はっきりとわかる。貧富の差はよりいっそう開いてきているし（どうか僕も金持ちの側にいけますように）、地球は六回目の大量絶滅期に突入しているし（僕のせいでもあり、君らのせいでもある）、生態系の危機は限界点に到達しているし、例のテロリストのヤツらも存在している。彼らは身の毛もよだつような殺し屋だが、多くの人間が彼らの活動に参加しているんだぞ！　そこに気候変動が加わって、何もかも悪くなっちゃって、僕達はすっかり破滅状態だ。破滅さ。ほんと、心配なことは山ほどある。

こういう**人間特有の悩みっていうのを、数週間だけ消しちゃう**って楽しそうじゃない？　まさに、今その時だけを生きるんだよ。自分がしでかしちゃったことを悩んだりとか、自分が何をすべきかなんてことに頭を痛めるなんて、ヤメだ。社会だけでなく、文化や、それまでの生きかたなんてものから生み出される、束縛や期待からまんまとトンズラして、本能だけで生きるって楽しそうじゃないか？　自分の人間性に関する悩みからも逃げちゃうってどう？　世界中のややこしいことから少し距離を置いて、仕事から（もしあなたに仕事があったらね）、暮らしから、そして自分自身から、お休みを取っちゃわない？　**人間をお休みしちゃうってどうだろう？**　人間の世界のややこしい物事から逃げて、本当に必要なものだけで生きていく。文明の罠《わな》に陥ることや、複雑なものごとはすべて捨てちまえ。地球上を軽やかに歩き回るんだ。血まみれの苦しみなんて、おさらばだ。地球上の緑の植物から、喜びとともに栄養を得るんだ。身近な環境に同化し、少しの草を食べ、地面で寝る、それだけでいいじゃん？　山々を移動し続けること、それは自由だ！　**少しの間、動物になれたら、すごくない？**

＊　＊　＊

いやはや。ウェルコムトラスト（医学研究支援等を目的とする英国の公益信託団体で、僕の今回のプロジェクトに資金提供をしている）への申請書の返信メールの件名を見て、期待感はめちゃくちゃ高まった。「提出物のレベルはとても高かったのですが」とか、「注意深く検討した結果」なんていう、使い古された不採用のフレーズが見当たらないことも、僕は確認した。ほんの一分ほど成功の感覚を味わった後、ふと不安な気持ちになって、数週間前に提出した申請書の内容をもう一度読み始めたんだ。僕は一体、何をしようとしていたんだっけ？　これはこれは。さすがの僕も引いたわ。

The Wellcome Trust
Private and Confidential

Dear Mr. Thwaites,

Arts Awards

Thank you for your application to the Arts Awards programme. I am delighted to confirm that your application for funding of the project “I want to be an elephant.” was successful. The Committee thought that this was a wonderfully engaging idea from an experimental designer with a good track record. The Committee were confident that the Principal Applicant would produce something high quality and interesting. Members noted that the timescales looked very tight and advised them to rethink their timetable.

If, for any reason, you are unable to accept the award, please get in touch with me as soon as possible.

Best wishes,

Jenny Paton
Arts Adviser
Public Engagement
Medical Humanities and Engagement Grants
Wellcome Trust

申請書

僕がやりたいと言ったのは、人間の五百万年の進化を元に戻し、**二足歩行から四足歩行に適応する外骨格を製作する**ということだった。そして同時に、**草を食べて消化できるような人工胃腸を開発したい**と希望していた。そのうえ、視覚、聴覚も適応させ、五感を一新するとした。そして**経頭蓋《けいずがい》磁気刺激を使って、脳内の将来計画と言語中枢《ちゅうすう》のスイッチを切って、象の視点から人生を体験したい**なんて書いちゃってるよ。

そして、象の外骨格を身につけ、象になりきった僕が、**アルプスを越えるんだってさ。**

まったく、僕ってほんとにバカだよな、こんな約束しちゃって。ハッタリに相手が乗っちゃったじゃん（マイナス1）。僕にはこのプロジェクトを最後まで推し進める力なんてないよ（マイナス1）。なんてったって下らないアイデアだし、意味もねえし、真面目《まじめ》なプロジェクトでもねえよ（マイナス1）。癌《がん》治療のために寄付できたかもしれないお金を無駄にするのかよ（マイナス1）。アルプスの冬が終わるまでに、このプロジェクトをまとめるなんて絶対に無理だし、「トースター・プロジェクト」みたいにキッチン用品で四苦八苦して、それで満足してりゃよかったんだ。

＊　＊　＊

でもさ、実現できたら、すごいことだと思うんだけどなぁ……。

第1章 魂 Soul

デンマーク、コペンハーゲン（クッソ寒い）

ハイ、僕はただいま間違いなくコペンハーゲンにおります。道路を渡ろうとしたら、ライクラ素材の服を着た、ムッキムキのデンマーク人が、車輪のついたクロスカントリー用のスキーを履いて足早に通り過ぎて行ったよ（雪不足だったから車輪つき）。

僕はデザインの「上級特別クラス」（って、僕を呼んでくれた人が言ってた）のレクチャーをするためにデンマークに招待されたのだ。僕はコペンハーゲン経由で旅行のスケジュールを組んでいた。というのも、実は僕の象のプロジェクトに手を貸してくれたらいいなと思う人と、会う予定があったからだ。僕はバルーン公園という、コペンハーゲンの中心地にある場所を探していた。そこには、第二次世界大戦中に建てられた小屋が百棟あり、かつては防空気球が収められていたそうだ。現在、その小屋には「独立した自治団体」である地域共同体の人々が暮らしており、支配的文化に逆らって生きるための家として役立っているらしい。そこに暮らす人々の一人がシャーマン（霊媒師）であり、僕が会いたいのはその人なのだ。

僕の人生観は、「はじめに」に書いた憂鬱《ゆううつ》な日々以降、刻一刻と変化していた。僕の世界に対する怒りは収まり、彼女との喧嘩は過去のこととなり、そして自分に対する情けない嫌悪《けんお》感《かん》はどこかへ消えていた。出版社に手紙を送った僕への彼らの答えは、もし僕がこのプロジェクトを成功させることができたら、出版してもいいだろうということだった。もし僕がこのプロジェクトを完遂することができたなら……。「読者のみなさん、お久しぶりです！」ってことになる。

スマートフォンが壊れてしまって、五分おきにニュースをチェックできないのが原因かもしれないけれど、世界が滅亡しそうな雰囲気はないみたいだ。もちろん問題はたくさんあるけど、物事は正しい方向にむかっているように思える。貧富の差はますます開いているのかもしれないけれど、貧困自体は解消されつつあるし、世界の人口は数年後にピークを迎え、そして減少していき、技術はよりいっそう発展して、気候を悪化させ続けることもなく、快適で実り多い生活を送ることができるようになるのだ。ヒャッハー！（あ、テロリスト？　テロリストって何それ食えるの？　ヤツらはとんでもなく腐ってしまった現代のバナナで、どの時代にもそんなヤツらはいるものさ）

短くまとめると、世界も僕もいい感じってこと！　でも、気分がいいっていうのに、象になるという壮大なプロジェクトは静かに停滞をはじめたのであった。僕だって、楽しく色々とやりながら（上級特別クラスを教えるなんてこととか）、一生懸命がんばってはいる。だから、ウェルコムトラストには内緒にしてほしい。わかってもらえるかなあ、この「象になりたいプロジェクト」の本当に基本的な部分で、問題が発生してしまったんだよ。つまり、**象になりたくなくなっちゃったんだ。**

＊　＊　＊

僕が象になることに決めたのは、現実的な理由があってのことだった。ウェルコムトラストに申請書を書いている時には、どういうわけか、象になることへの設計上の制約は、克服できるように思われた。自然のなかを自由に移動するという僕のビジョンに合った人間以外の動物になることの制約と、象になることの制約は、まったくの別物だったんだ。

この制約の違いは、こんなことだ。まず、象の外枠はとても大きいから、僕が入る十分なスペースを確保できるし、同時に複雑なマイクロエンジニアリングも必要ないということ。次に、身体《からだ》が大きいから、象の動きはゆっくりで、重々しいでしょ？　したがって、僕が作る外骨格の動きが遅くて重くても、問題はないと僕は考えた。そして最後になるけれど、これが一番重要なことだ。僕が気になっていたのは象の首の短さにあった。

僕が首の短さについて考えた理由はこうだ。僕の両腕が前脚になることは簡単に想像できるわけだけれど、僕にはどうしたって自分の首をそれに合わせて伸ばす方法が思いつかなかった。そして象は、草食動物としては、長い脚に比べて首が短いとされる。

動物として生きていくなかで最も重要なのは、他の動物に捕食されないことだ。生きながらにして食べられるのを防ぐためには、長くて速く動く脚が有利になる。しかし同時に、動物として生きていくために重要なのは、自分でエサを食べるということ。草食性の四肢動物の場合は、エネルギー密度の低い、草と葉を食べることになる。つまり、大量に食べる必要があるということなのだ。実際のところ、起きている時間の六十パーセントは顔を食べ物に突っ込んでいなくてはならない。そして食べ物は大体足元にあるものだから、できるだけ苦労せずに顔を下に向けていられるような長い首を持つことは、強みになるのだ。

ということで、移動の迅速さと、草食の効率という、二つの有利な特性を最適化するため、そして動物が生きながらにして捕食されたり、飢え死にすることのないよう

象（ランダム変異！）※2

に（最悪の場合、その両方だ）、すべての草食性の四肢動物の首は、その脚の長さに合わせて進化した。つまり、伸びたのだ。でも、象だけは例外である（※1）。象に関して言えば、進化はまったく異なる道を辿《たど》った。脚は伸ばしたが（ちくしょう、伸ばすなら、全体を伸ばしやがれ！）、首を短いままにした。ハ？　顔を食物に近づけるのではない、食物を顔に近づければいいのだ！　ハイ？　そう、鼻を使うんだよ！

　ということで、象と人間は（比較的）短い首を持つという共通の特徴があり、それが僕を象に導いたというわけだ。

　しかしながら、最近南アフリカに行く機会があったので（状況は上向きだって言ったろ？）、象を見たくて、ある意味当然の成り行きでサファリに行ったんだ。でも、

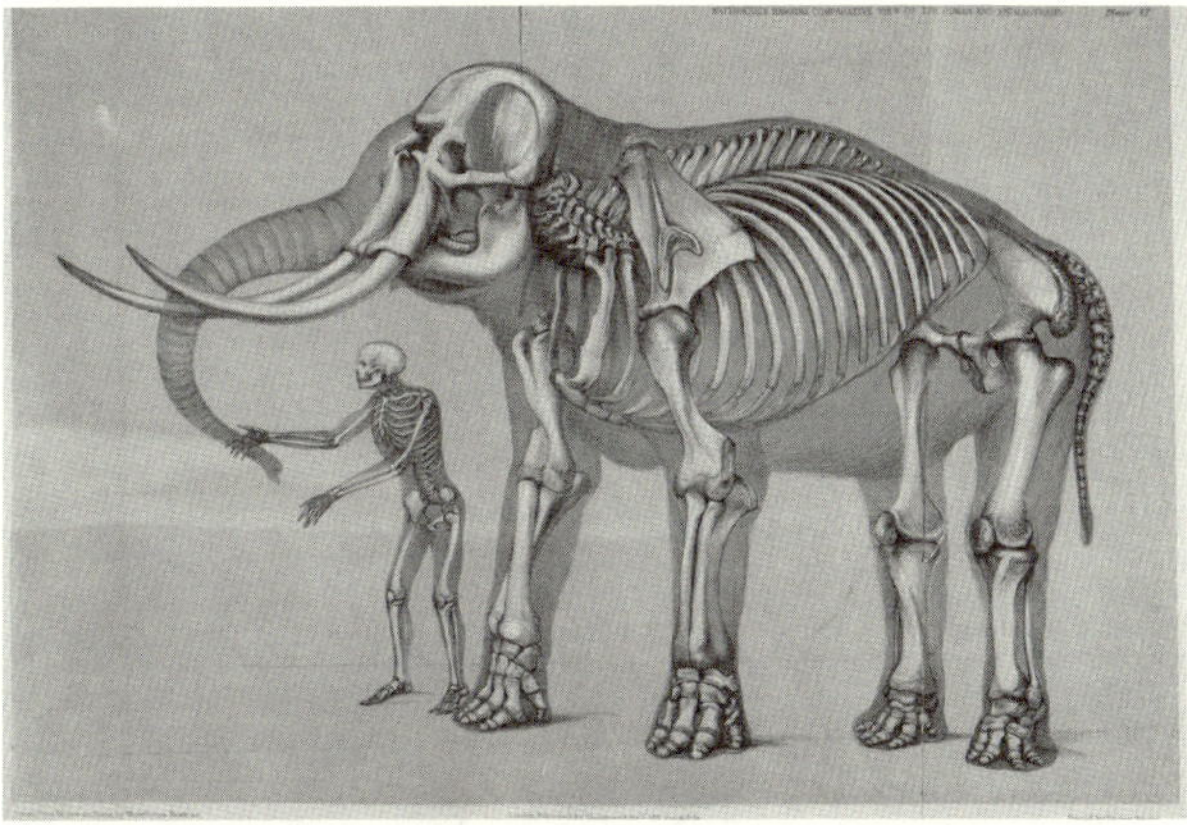

象と人間の首が短いという共通点。ベンジャミン・ウォーターハウス・ホーキンス著"A Comparative View of the Human and Animal Frame"（人間と動物の骨格比較図）より。

自然のなかで象を見ると、それも怖《おそ》ろしいぐらいに近距離からやつらをながめてみたら、象にならばなれるのではないかと思う根拠は、どうしようもなく、想像の域を出ないものだったと気づいたんだ。そのなかの一つである、中に入り込むスペースのある大きな外骨格を作るというアイデアは、象の巨大な姿を見て、消えてなくなった。象になって暮らすという感覚を僕が本当に得るためには、僕が身につける外骨格を、最低でも大きめのファミリー向けの車のサイズにすることが必要だし、木を楽々となぎ倒すだけのパワーがなくちゃならない。これを実現しようとしたら、エンジンを積み込むことが必

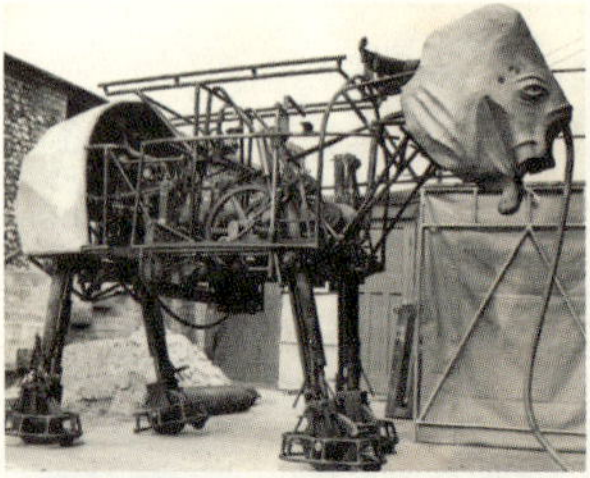

要だろうし、それって自動車に脚をつけることと同じではないか。それはすごく褒められるだろうし、今まで誰も達成したことがないゴールだろうけれども、**僕のやりたかったことはそれじゃないだろって話**で。

そして象の短い首もとても大事なんだけど、あの鼻だってめちゃくちゃ重要なんだ。あんな風に機能する鼻を作ろうと考えれば考えるほど、見通しは暗くなっていった。マサチューセッツ工科大学はかつて人工的に象の鼻を作ったことがあるけれど、でも僕はマサチューセッツ工科大学じゃないし、そしてそれは圧縮空気を使ったものだった。この場合、コンプレッサーが必要になってくる。そしてそれにはエンジンも必要で、ほらほら、脚付き自動車のアイデアに逆戻りだ。たしかに車は人に自由を与えてくれるものだ。道路を走ったり、そういうことさ。でもその自由ってのも、システムあってのこと。僕は、そのシステムそのものから自由になろうとしてたってのに！だから、ガラガラ音の出る（あるいは不気味な音を出す）エンジンを搭載せねばならず（しかもガソリンを満タンにしなくちゃいけないとかバッテリーの充電をしなくちゃならないとか心配ごとだらけだ）、それってなんだかおかしいよ。動物の外骨格は、僕の力だけで動かしたかったんだ。

そして、たとえ肉体的な問題が克服できて、なんとかして僕が象のように大きく、強くなった気分になれる外骨格を作り上げることができたとしても、象になることにはもっと重要な問題が隠れていることに僕は気づいたんだ。彼らは、あまりにも人間に似ているのだ。

このプロジェクトのもともとのゴールは、心配事や、人間でいることの痛みから解放されることだったのに、心理的に象になることがそこまでバラ色なのかって言ったら、そうでもないんじゃないの？　って思いはじめていた。

だってさ、象って道徳を理解するらしいのだ。人間と同じで、やつらは死にゆく運命にある他の象の介抱をするんだ。死期が近く、かろうじて立っている状態の象と、その象を必死に支える象が目撃されたことがある。その死期の近い象がとうとう体を横たえ、死へと向かいつつある時、他の象はその病気の象の口に鼻を使って草を押し込むんだ。そしてとうとうその病気の象が死ぬと、他の象たちは何日もその傍らに立ち続ける。象の家族が、死んだばかりのメスの象の亡骸《なきがら》のある場所に何日も通ったという記録もある。それは家族である象が、その象の死を悼《いた》んでいる姿に違いないのだ。そしてとうとう、命を落とした家族のもとを去る時には、木の葉や枝でその亡骸を覆《おお》うという。象の家族の行動パターンは、密猟者などによる暴力的な死や淘汰《とうた》の後、通常の状態に戻るまで数年もかかり、それは彼らがＰＴＳＤ（心的外傷後ストレス）

のようなものに苦しんでいるということを示している。限られた種ではあるがイルカ、チンパンジー、そしてゴリラなどは、畏敬の念を持って同じ種の遺体を扱うとされているけれど、象は人間以外で（そして絶滅したネアンデルタール人以外で）唯一、「骨」に対して儀式を行うことが目撃された種である。象は太陽光によって漂白された骨や死後何年も経過した象牙のそばを通る際、通常とは明らかに違う方法で、何か興味深いものを探し当てたときと同じように、鼻を使ってそれらをじっくりと調べたりするのだという（象以外の骨に興味を示すこともあるという）。

そして象になるという、そもそもの僕のアイデア自体が、子供の頃に抱いていたダンボへのあこがれに、強く影響されていることに気がついた。現実には、象はとても複雑で知的な野生動物であり、恐ろしいほど力が強く、時に凶暴だ。彼らはきっといつかは死ぬという運命についても理解していて、家族単位で暮らしている（そして僕ら誰もが知っていることだけれど、家族とは終わりのないストレスと悩みの種でもある）。悲しみの感情、憂鬱な気持ち、パーソナリティ障害に、人間と同じように苦しんでいるようにも感じられる（ちょっと待てよ、実際に、ダンボのなかでもそれについては描かれていたじゃないか）。僕にはすでにこういった問題に関しては動物っぽさがあるので、象になってそれらから逃げようとすることは、実存的フライパンから、別のフライパンに飛び移るのと同じことだ。ということで、象になるというアイデアがすっかり変わってしまって南アフリカから戻った僕は、象になんてなりたくないと悩みはじめてしまった。だからパブに行って、もちろんビールを何パイントか飲んだんだ。そしたら僕の友達が素晴らしい提案をしてくれた。デンマークに住む彼女の知人で、シャーマンである人物に教えを請《こ》えと言うのだ。彼女の話をまとめると、シャーマンとは、人間と動物の関係性の専門家みたいなものらしい。ということで、デザインの上級特別クラスを教えるためにデンマークに行くことが決まった僕は、コペンハーゲンに立ち寄ることにした。

＊　＊　＊

バルーン公園の入り口を見つけた。泥道の両側に、赤色の顔料で塗られた小さな木製のキャビンが並んでいた。窓枠は白く、まるで別の時間が流れている場所のように感じられた。当然それは「過去」なのだけれど、もしかしたら「未来」なのかもしれない。プラスチック製品はあまりなく（雨水を溜《た》めるタンクはいくつかあったけど）、現代的な生活を示すものは何もない。建物の周りにも、そして空気からも多くの木の存在が感じられた。松の木のにおいと煙のにおいが漂っている。そして、異様なほど気の静けさがそこにはあった。いや、本当に、これほど完璧《かんぺき》にシャーマンっぽい雰囲気を醸《かも》し出してる場所はないんじゃないの（しかし、今風のショップなんかにはぴったりの雰囲気だろうね）。僕が探している人は、入口から一番遠い場所にあるキャビンにいた。

シャーマンのアネットは僕を招き入れてくれた。とても居心地のいい場所だった。部屋の片隅にシステムベッドがあり、小さなキッチンが反対側に設置されていた。薪《まき》ストーブと、動物の亡骸があちこちに置かれてあった（「ワシの翼」だと彼女は教えてくれた。鹿《しか》の角もあった）。アネットが紅茶を淹《い》れてくれている間に、僕は薪ストーブの横にあるロッキングチェアに腰掛けた。彼女の白髪はとても長く、瞳《ひとみ》は黒くて、顔には深い皺《しわ》が刻まれていた。見た目は魔女っぽかったけれど、いい魔女って感じだった（たぶん）。彼女のキャビンは僕に、ここはコペンハーゲンの田舎というだけではなく、僕自身がはるばる北までやってきたことをはっきりと自覚させ、また百年ほど時代を遡《さかのぼ》ったような気分にさせた。

彼女は僕の持ち込んだテクノロジーがお気に召さなかったらしい。デジタル録音機器を三台持っていたのだが、チカチカと点滅する赤いライトは、確かにすごく場違いだった。アネットはすべての機器のスイッチを切るよう求めたけれど、どうにかこうにか交渉して、一台だけは使うことができた。紅茶を飲んでクラッカーを食べ、落ち着いたところで、僕の向かい側に置かれた小さな木製テーブルについていたアネットが、スカンジナビア人特有のアクセントで、どうやって自分のことを探し当てたのかと聞いてきた。

僕は、実は象になる予定だったのだけれど、うまくいかなかったのでパブで友達に相談したこと、その友達はシャーマンに会う旅をした経験があり、プロジェクトを成功させるために、あなたに会うことを勧めてくれたのだと説明した。

「……要するに、僕にぴったりの動物に会うことができる精神世界に連れてってもらえないかなぁなんて思いまして」

アネットはため息をついた。彼女なりの理由があって、僕をその精神世界に導き、魂の動物に引き合わせることを彼女は断わるという。その目的を果たしたいのであれば、他をあたれというのだ。それなのに、僕の象になりたいという希望に関しては、彼女ははっきりと「マヌケだ」と言った。

マヌケ……だと……？　やる気なくすだろ。「なぜですか？」と僕は聞いた。「だってね、象になって何をするというわけ？　特にないわよね。アンタがいる環境では、象なんて完全にエイリアン状態でしょ。もしアンタがアフリカの狩猟民族だったら、そうね、それもアリでしょうね。でもアンタは狩猟民族じゃないし、ロンドン出身。似た環境に暮らす動物しか無理よ。アンタが住んでいる場所の近くで、自由に動き回っている動物にしかなれないってこと」

「でも、ロンドンにだって象はいますよ。動物園だけど」と僕は抵抗した。

彼女は僕の生意気な反論を一蹴《いっしゅう》した。「精神的にやられちゃってる象だよ、それは」

なるほど彼女に同意せざるを得ない。ガールフレンドとの二度目のデートでシュトゥットガルトにあるヴィルヘルマ動物園に行き、二度と動物園には行くまいと誓ったことを僕は彼女に打ち明けた。このデートは二番目に最悪のデートになったのだ。動物園は動物でいっぱいで、あまりの狭さから動物たちは落ち着きをなくしていた。二頭の象は、型にはまったように、延々と同じ動作を繰り返していたのだ。

「それじゃあ、動物園以外の場所にいる動物ってどうなのよ？　キツネとか鹿だったらいるでしょ？」

鹿は確かにいる。ロンドンの半分は、かつて、貴族達の猟場だった。ヘンリー八世によって狩りが行われていたグリニッジパークには、未《いま》だに数カ所の牧草地が残されている。

「似た環境って言えば、鹿のほうがずっとアンタに近いと思うんだけど」彼女は僕の身体をじろじろと見た。「でもねえ、鹿でもアンタにはワイルド過ぎるわ。そうねえ……。ヒツジはどうなのよ」

彼女は僕について考えながら、少し沈黙した。

「いや、ヤギだわ」

ヤギ。……**ヤギかよ!!**

僕は心から安堵《あんど》した。なぜってヒツジにはあまりなりたくない気がしたから。そしてヤギを提案してくれたアネットは間違ってはいないという確信からくる感謝の気持ちもあった。ヤギだよ……**僕のレベル的にはヤギがぴったり**だ。もちろん象の首だって短いさ、でも、僕と象の間になんの関係があるっての？　いやいや、あのさ、実際の話、自然の環境下で暮らす象を地球を半周して見に行くなんて、一生に一度、あるかないかのできごとだったわけじゃないか。それに比べて、ヤギだったら、僕んちの前にいるじゃん。

わかってる。決まり切ったセリフだっていうんだろ。こんなわけのわからないことについてシャーマンに教えを請うて、彼女は僕に夢をあきらめるなって言った、なーんてね。でもね、読者のみなさん。このプロジェクトは僕の夢にも関係している。夢というより、僕がとても幼かった頃の、忘れられない思い出の映像が絡《から》んでいる。

その映像はこんなものだ。葉っぱがたくさんついている鉢植えが僕の家にあったんだけど、ある日、僕はそれを食べてみようと思ったらしい。僕の記憶に強く残っているのはその食べ方で、僕は**両手を使わずに、葉っぱを食べた**のだ。葉っぱがたくさんついた枝を噛《か》んで引っ張った記憶がある。茎は抵抗し、枝はバサバサと音をたてた。僕は必死になって頭をのけぞらせて、茎を食いちぎり、葉っぱを噛みはじめたらしい。

この映像に残された僕が何歳だったのかはわからないけれど、鉢植えの葉っぱを、手を使わずに食べたということは明らかに僕の中に激しい感情を生み出して、それ以降ずっと記憶に居座り続けた。

ヤギ

アネットは彼女の知識を駆使して、僕がまず辿りついた象になるというアイデアから僕を解放してくれた……本当に論理的（たぶん）だったし、象のことを知らなくても僕に夢をあきらめるなとも言ってくれたのだ。象は歯で枝を引っ張りますか？　いいえ、象は、腕のように機能する鼻を使う。象は草原でギャロップ（四本の脚が全《すべ》て地面を離れる瞬間のある走り方）、できますか？　いいえ、だって体の構造がギャロップ用に作られてないから！　でも……。ヤギは？　チェック、チェック！

アネットはいきなり核心を語りはじめた。

「どうやって人間でないものになることができるかって？　それも今回は動物って話よね？　教えてあげようじゃないの。昔から使われている方法をね。儀式的で魔法のような、スピリチュアルな方法よ。シャーマンの伝統に基づいた方法ってことよ。さて、まずは動物の外見と動きを真似《まね》る。物真似から入るわけだ。たとえばアメリカの南西部にはプエブロ族っていう人達がいて、彼らは角がついた鹿の頭蓋骨《ずがいこつ》を半分にしたものを頭にかぶったりする。それを頭のうえに乗せて……」

アネットはテーブルから立ち上がり、両側に角を生やしたつもりの頭を揺らしはじめた。

「……こうやると、角の重さを感じるようになる……そして二本のスティックを持つ……」

彼女は両腕を体の前の方に伸ばして、鹿の両脚を模した想像上のスティックを握り

鹿のダンスを見せてくれるアネット「アンタはヤギになりなさい」
僕「お、おう」

シベリアのシャーマンが描かれた最も古い作品とされる。1692年にドイツ人探検家のニコラス・ウィッツェンによって記された、シベリア旅行記に掲載されている。これはシャーマンが太鼓を叩きながら儀式を行っている姿で、「シャーマン、あるいは悪魔の導師」と書かれている。

しめ、それを持ってキッチンのなかをリズミカルに動き出した。彼女は鹿のダンスをデモンストレーションしてくれ、説明してくれたというわけだ。

「これでアンタも四脚動物になれるというわけ。それから、脚には蹄《ひづめ》もついてる。そして、この偉大なるマジックがはじまるのよ。〝鹿スピリットダンス〟って呼ばれてるわ」

　彼女はマントルピースに近づいて、黒いビーズが結びつけられた棒を拾い上げた。これが、ガラガラと音を出す。彼女はキッチンを歩き周りながら、ガラガラと音を鳴らし始めた。

「こういう方法もあるのよ……動物の魂を招き入れて、その動物になるの

ハンターの鹿ダンス（1932年）

サンフアンのプエブロ族の鹿ダンス（1977年）

……音の光を放つ……美しい動物の光……」

彼女はキッチンの中で踊り続け、リズミカルに棒を振ってガラガラと音をたて、低い声でハミングし始めたと思いきや、突然それをすべてやめるとテーブルに戻り、僕にガラガラと音の出る棒を手渡して見せた。

「これは世界中で使われているの。トナカイと牡鹿《おじか》の骨でできてる。もっと大きいのも私は持っているわ。そっちの方が深い音が出るのよね。蹄はノロジカのものだけど」彼女は棒に縛り付けられたビーズについて話した。

「このビーズ、実は全部が指の爪《つめ》なの。骨がついていたからひっこぬいたわ。指先の骨でしょうね」

「や、ヤバイっすね」

「まあね。クリスマスイブのプロジェクトだったから」

アネットは続けた。「いうなれば、これってまねごとから始まるの。そしていわゆる〝世界と世界の間の状態〟とか〝トランスエクスタシー〟、それから〝変更された意識の段階〟って呼ばれる状態に入る」彼女は言葉自体が重要ではないことを示すために、話を先に進めた。「でも、大事なのはその状態になることじゃなくて、鹿の魂を呼び出して、それを称《たた》えることで、この変身を体験できて、その動物の目を通して世界を見ることができるってことよ」

彼女はイスの背もたれに身をまかせると、結論を言った。「だから、〝変更された意識の段階〟っていうのは、アンタにとってすごく役に立つわね」

「そうでしょうね」と、僕は頷《うなず》いて同意したが、ロンドンのいかがわしいナイトクラブに行かずして、どうやってトランスエクスタシーの状態に入ることができるんだろうと考えずにはいられなかった。彼女は続けた。「ただし、プエブロ族は実際に動物のことを熟知してる。彼らは動物を追いかけて、ずっと観察してきたの。そしてその生き様を記憶しているし、その一生を理解している。骨の髄までしみているのよ。だから、まったく動物の知識のないアンタがどうやってそれをやればいいのか、そこが意味不明だって言ってんの」

僕はちょっとムッとした。「まったく」って言葉を強調したところに腹がたった。だって僕にだって当然「動物」の知識くらい、あるに決まってんじゃん。ただ、よくよく考えてみると、確かに最近は生きている動物よりも死んだ動物（の一部）を見る機会の方が多かったというのは確かだ。スーパーマーケットに行けば、そこには多くの種類の死んだ動物の一部が置いてあるけれど、公園の散歩はどうだ？　そりゃ生きている鳩《はと》の数羽ぐらいはいるだろうし、犬だって二、三匹は歩いているだろう。まあ、とりあえず、ちょっと調べてみた。僕の地元のスーパーで売られている動物の種類は二十九種類。地元の公園を歩いている間に遭遇した動物の種類は、二種類。その中にはホモサピエンスも含まれる。

ということで、僕（生まれてからずっと都会で暮らしている男）の動物に関する知識は、ずっと動物を追いかけながら成長し、狩りをしつつ暮らしてきた人達に比べて基本的にゼロだというアネットの考えは、たぶん間違ってない（でも人間以外の動物との接触はゼロだという新事実には納得していないので、ロンドンに帰ったら猫を飼おうと思う）。でもこれって、アネットの仕事でもあるんじゃないの？ 彼女は「街で生きる人々を、再び狩猟採集民へと導く」ってんだから。そして、彼女は「都会の人間でも自然に受け入れる」と僕に言ってたもん。

僕らの会話はその後も続き、アネットはアンテロープ（羚羊《かもしか》）の踊りをするシベリアのシャーマンの写真を探してきてくれた（シャーマニズムが「ネイティブ・アメリカン的なもの」という僕の固定概念は正された。その言葉自体はシベリアが起源で、現在では、世界各地の固有の文化に見られる、似たような習慣を総称するために使われているらしい）。僕がその写真の撮影日がほぼ百年前であるということに驚いていると、アネットは冷たい視線で僕を正した。

「人間は、動物と人間の間のちがいを埋めようと、ずっと努力してきたのよ。いつの時代もね」

これに関しては、彼女はまったく正しいと言える。

＊　＊　＊

一九三九年、ドイツ人地質学者のオットー・ヴェルツィン（Otto Völzing）は、ドイツ南部シュヴァーベンアルプスにあるホーレンシュタイン・シュターデル洞窟《どうくつ》の発掘に参加していた。発掘は順調に進み、オットーは、頭蓋骨を含む男性、女性、子供の三十八体の石器時代の人骨を発掘した。理由は到底うかがい知ることはできないけれど、彼らの頭部は切断され、洞窟の入り口付近に埋められ、すべて南西を向いていたらしい。ナチス親衛隊が、人類文明のはじまりはドイツであるという彼らの信念の根拠を見つけるために提供していた発掘資金は、第二次世界大戦の開戦と同時に減額されていた。ヴェルツィンは出征することになっていたのだが、発掘最後の日に、洞窟の奥深くの場所にしっかりと埋められた象牙《ぞうげ》の断片を掘り当てた。連合国との戦争に出征する前に、彼はこれらを念入りに箱に詰め込んだ。

象牙の断片が詰め込まれた箱は地元の博物館で保管され、ずっと忘れ去られていた。

ホーレンシュタイン・シュターデル洞窟のライオンマン。４万年前に彫られた彫刻で、現存する造形美術では最古のもの。

一九六九年に収蔵品目録を作成していた人物が、その断片は巨大なマンモスの牙《きば》を摸したもので、彫像の一部であることに気づいたのだった。その断片をつなぎ合わせると、頭部がライオンで人間の体を持つ彫刻となり、その技法は、その彫刻が四万年前に作られたことを示していた。これは現存する最も古い非抽象芸術であり、最も古い造形的な彫刻であり、人間と動物のハイブリッドでもある。

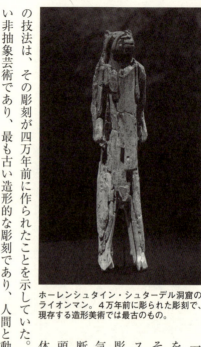

それがなぜ彫られたのか理由を知ることはできないけれど、大変な作業であったことはすぐにわかる。最近、ある彫刻家が約四万年前に使用されていたとされる石器時代の道具を使って、象牙で複製品を作ろうとしたところ、まるまる三ヶ月間の作業が必要だったらしいよ。この莫大な手間は、制作者にとってこの作品がとても重要なも

のだということを物語っている。だから、もしかしたらおもちゃだったのかもしれないけれど（だって**人間の体にライオンの頭なんてカワイイじゃないか**）、これを作った目的は、霊的なお守りのようなものだった可能性が高いと思われる。

後期旧石器時代（旧石器時代の終わり）に生きていた人間が頻繁に出入りしていたとされる洞窟の奥深くに、人間と動物のハイブリッドを描いた絵が発見されている。例えば、フランスのアルデーシュ渓谷にあるショーヴェ洞窟にも絵画が残されている。この洞窟は、一九九〇年代初めに三人の探検家が足を踏み入れるその瞬間まで、二万五千年もの間封印されていた。洞窟の中には数百の動物の絵が描かれていたが、洞窟内の最も深い場所にある空洞には、三万年前に生きていた人間によって描かれた、半分が人間で半分がバイソンの絵画があった。また、フランスのラスコーにある洞窟には、鳥の頭をつけた男性（**ちなみに彼は勃起《ぼっき》しちゃってます**）が、床に横たわる姿が描かれている。これは一万六千五百年前のものだ。そして、フランスのアリエージュにあるレ・トロワ＝フレール洞窟には、一万三千年ほど前に描かれた、いわゆる魔法使いの絵があり、男性が牡鹿と踊っている。

こういった例はすべて欧州のごく限られた地域で発見されたものだけである。かつては、石器時代のヨーロッパ人が彫刻と絵画を発明したと考えられていた（創造性の

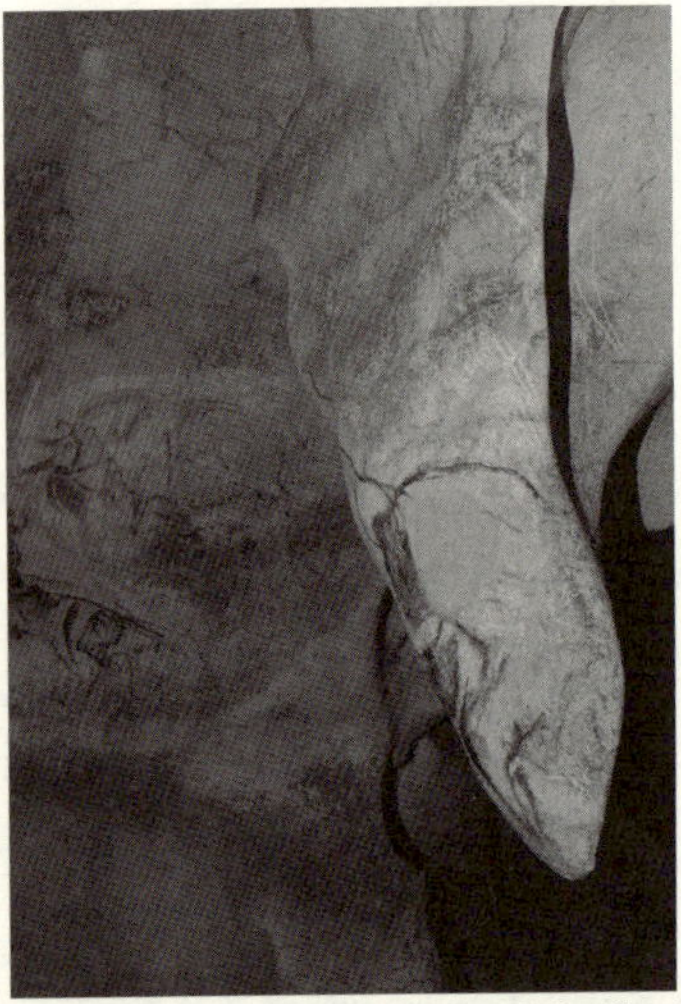

3万年前にショーヴェ洞窟の奥にある岩壁に描かれた、
バイソンの頭を持つ人間の絵

槍で突き抜かれたように見えるバイソンの前で、
鳥の頭を持つ人間が横たわっている（死んでいる？）絵

レ・トロワ＝フレール洞窟の中で発見されたアートは、岩に彫られているだけでなく、木炭で描かれているため、写真ではしっかりと見ることができない。しかし、洞窟の発見者がその洞窟芸術のスケッチを作成している。
（上）角と尾のある魔法使い　（下）鼻笛を鳴らすバイソンの頭を持つ男

認知的・文化的なはじまりはヨーロッパにあり、ヨーロッパ人と彼らの子孫は非常に優れているという、十九世紀にあった考えを正当化するため)。しかし、このヨーロッパを中心とするものの考え方は、ヨーロッパの状況の方が美術の保存に有利だったというだけにすぎない。そしてもっと重要なことは、インドネシアの洞窟にある動物の絵画が描かれた年代を、科学者が正確に割り出したのは、なんと二〇一四年なのだ。その科学者はそれを、三万五千年から三万九千年前のものとした。ヨーロッパにある最も古い洞窟絵画と同じ年代のものということになる。この、インドネシアとヨーロッパのよく似た絵画の、年代的一致と、遠い地理的な距離が示すことは何だろう。それは、この絵画の技法が、およそ六万年前に人間の居住域が、北アフリカから東はインドネシア、西はヨーロッパへと広がる以前に確立されたものであることを示しているのだ。

でも、ライオンマンとかバイソンマンとかバードマンになることを誰が最初に考えたかなんて、どうやってわかるっての(そして、ついでに言えばヤギ男も)? 洞窟の中に描かれた絵や像が、有史以前の人達の考えや疑問を表しているというのなら(永遠の問いである、僕は誰であるのか? 僕はなぜここにいるのか? そして僕はどこへいくのか？）、太古の昔から人々は、人間とその他の動物の間にある差を埋めようとしていたように思えるのだ。アネットが言っていたように、たぶん、いつの時代も。だから、僕がヤギになろうと思うことは、まったくもって普通ってことだよ。実際のところ、歴史になぞらえて言わせてもらうと、**ヤギになろうと思わないなんて、ほとんど異常**ってことだね。

＊　＊　＊

どうしてシャーマンは動物に変身したがるのか。とりあえず僕はアネットに聞いてみた。

彼女は僕に、シャーマニズムは、人間がみな狩猟民や採集民だった頃が起源であると教えてくれた。生きものを見つけて、殺すことで人間が生存していた時代だ。シャーマンは、動物を追いかけて狩るために、その動物になろうと試みたのだそうだ。

しかしそれは同時に、アニミズム的世界観である。その世界観においては、**魂を持てるのは、人間と、人間と見なされる存在だけではない。動物も人間と見なされている**のだ。これはシャーマンの狩猟者にとっては難題である。だって、動物を狩って、殺して、食べるわけで、もし動物が人間なのだとしたら、それって殺人だし、カニバリズムに勤《いそ》しんでいるってことにならないか。だから、シャーマンが動物になりたがるのには別の意味があって、それは動物の魂に対して殺生《せっしょう》の許しを乞《こ》うことなのだ。僕からすれば、これはいくらか矛盾しているように思える。

「動物になるという目的の一つに、罪悪感の軽減があるってことですか?」と、僕はその点をはっきりさせたくてアネットに聞いた。

「まあ、動物は私達の親族であるみたいな認識ね。彼らはあなたの親戚《しんせき》であり、人間と動物は継続的な契約を結んでいる。狩猟は彼らとの協定のようなものよ。鹿があなたに身を委ねて殺されるためには、正しい振る舞いによって敬意を払わねばならない、それはつまり、供犠《くぎ》を捧《ささ》げるってこと。あなただって自分の役割を果たさなければならない。でも、人間ってそれをやっていないわよね」

彼女は、シベリアでシャーマンと狩猟の修行を行っているというユカギール族について教えてくれた。「彼らは自分の中から人間性を追い出して、動物になろうとするの。そうすることで動物の考えを知ることができ、追跡できるというわけ」

彼女は、シベリアの森の奥で十八ヶ月にわたってユカギール族と一緒に暮らし(シベリア当局によって暗殺されることを避けるためでもあった)、狩りを続けた人類学者のレーン・ウィラースレフが記した『ソウルハンター』(*Soul Hunters* 未邦訳)を僕に紹介してくれた。その本の中でウィラースレフは、ヘラジカの毛皮を身につけてヘラジカを狩る、オールドスピリドンと呼ばれる狩猟者について記している。彼はヘラジカの耳を帽子につけ、ヘラジカの脚の皮で自分の皮膚を覆うことで、雪の中でうごくヘラジカの音を再現するそうだ。ウィラースレフは、彼がヘラジカのメスとその子鹿に迫る様子を間近に見た。彼はまるでヘラジカのように移動し、動きを真似、「メスのヘラジカは彼の動きにすっかり警戒心を解いて、彼に向かってまっすぐ歩き始めた」。そこでオールドスピリドンはメスのヘラジカとその子鹿を撃ち殺したそうだ。これはとても論理的だし、なるほどと思う。「ヘラジカになりきる」というのは、明らかにヘラジカを捕えるのには有効だ。それはアヒルの鳴き真似をしてアヒルを捕まえることと同じだ。ちょっと理解しがたいのは、オールドスピリドンの、動物との遭遇に関する記述である。オールドスピリドンはメスのヘラジカについて「うら若き美しい女性が私を手招きしているように見えた。もしあの二頭について行けば自分自身が死ぬことになるとわかったから、撃ったのです」と証言しているのだ。**オールドスピリドンはヘラジカになっただけではなく、ヘラジカの方も同時に人間になっているのだ。**アネットやユカギール族、その他のシャーマン的な人々の世界では、人間とそれ以外の生きものを隔てる境界は、僕が慣れ親しんでいるものよりあいまいなのだ。

オールドスピリドンのような話に接すると、西側で生まれ育った僕みたいな男は、そんなもの作り話に決まってるって思うし、作り話じゃないっていうのであれば、たぶん幻覚でも見たに違いないと考えるだろう。あるいはもっとモダンに、**異なる文化もリスペクトします的アプローチ**を用いたとすると、「賢人は隠喩《いんゆ》で語っているんだな。つまり、ヘラジカが女性みたいになったり、シャーマンがヤギのようになったりってことでしょ」。嘘つきで妄想癖のある原始人は、〝隠喩じゃない、ヘラジカは本当に女性になり、シャーマンはヤギになるんだ〟って主張するだろう。そこで僕らは微笑《ほほえ》んで「もちろんわかりますよ、賢い人」と答え、そして囁《ささや》くように「でも隠喩の定義なんて彼らはまだ知らないよな?」なんて笑うのだ。

　今のところ、僕は科学を支持しているし、古代の信仰システムが、自然界と必ず調和するものであると持ち上げるつもりもない。例えば、アボリジニがオーストラリアに到達した際、彼らは六十パーセントもの大型ほ乳類を狩り、絶滅に導いたじゃないか(※3)。とは言え、僕自身もヤギになろうとしているわけで、またそれ以上に、シャーマンのアネットはやさしくて賢い人だし、彼女が錯覚を見ているようにも、原始的で知的に成熟していないようにも見えないのだ。動物と人間に対する僕の考えとは、とても異なるものを持ってはいるけれど。

ウィラースレフは、次のように提案している。シャーマンが言うように、**人間は動物になれるし、動物は人間になれる**という可能性を、もっと考えてみたらどうだろう？ と。僕は、彼は何かをほのめかしていると思うのだ。つまり、まったく同じ状況を見ている二つのグループが、まったく異なる結論を見出《みいだ》した。それが、世界に存在する仮定に基づけば、どちらも正しい。そんなこと、いままで一度もなかったでしょ？ ウィラースレフは人間と動物の変化に関する対立した二つの意見を、何が人間を人間たらしめているのかという、根本的な哲学にまで遡って追跡しているのだ。

さて、読者のみなさん。僕はプロの哲学者ではありません。もしあなたが哲学者であるのならば、次の数パラグラフについては目を閉じていて欲しいんです。だって、**僕は今から猛烈な勢いで、これまで何百年にもわたって世界中の哲学専門書に書かれてきたことを、メチャクチャな方法でぶっ叩《たた》きますんで**。そう前置きさせて頂きましたところで……。

ウィラースレフはその著書で、西洋で教育を受けた僕のような人間の思考における、自己と他者に関する基本的前提は、いまだにルネ・デカルトと、彼の一六四一年の著書『省察』に記された有名な思索の影響下にあると書いている。

こんな話だ。デカルトさんは、ある夜に暖炉の前に座って自問自答していた。たしかに実在すると確信できる現実などというものはあるのか？　私が経験したと思っているすべての現実は、悪意に満ちた悪魔によってもたらされた幻想なのかもしれないではないか、と。（あるいは、それを現代に置き換えれば）僕たち全員、大きなコンピュータシミュレーションの中に生きているかもしれないってこと。暖炉のそばのイスに座っているように思えるけれども、それがたしかに存在することをどうやって知ることができるのか？　夢を見ているのかもしれないし、体があって、そこに座っているという幻想を誰かに与えられ、幽体離脱しているだけなのかもしれない。何だって疑うことができるのさ。自分自身がたしかに存在しているって、どうやってわかるの？　なるほどこの真っ当な存在への疑問から、デカルトは、まずは存在の確実性の確固たる基礎を築こうとした。彼は、そこには、少なくとも一点において確証を持てるものがあるとし、それは、この疑問を提起する何かだとした。つまり、すべての物理的な現実は幻想かもしれないけれど、疑うためには、何かが起きていなければならず、それゆえ、**疑っている「私」は存在しているはずだということだ。コギト・エルゴ・スム。我思う、ゆえに我あり**というやつさ。

疑わしき世界の中にこの一つの確実性を発見した彼は、私という精神は、体とは別のものだと主張している。これはなぜなら、二つの物事が同じであるためには、同じ本質的な特性を持つ必要があるからだ。デカルトは、体や鉛筆のような物理的なものを分割することは簡単だが、心の中の「いかなる部分」も区分することはできないのだという。心とは、「唯一無二《ゆいいつむに》」のものだというわけさ。それゆえに、体は本質的に分解できるもので、心は本質的に分解できないものであるとしたんだ。ひとつのものは、この二つの矛盾する性質を同時に持つことはできないので、心と体は分かれたものでなければならない。

　ということで、デカルトは、何かが主体性を持つために必要な基本的な特性を根拠として、推論する心を実際の体から分離した。都合のいいことに、もしあなたがデカルトのようにクリスチャンである場合、体と心は異なるものだという議論は、人間の魂は永遠であり、体が死を迎えた後はそこを離れて天国に行くというキリスト教の概念にもぴったりと当てはまってくれる。さらに、デカルトは、動物は論理的な思考ができないから（彼らは考えることができない。我思う、ゆえに我あり）、意識を持つことができないと論じている。彼らは、実際のところ生物的機械であり、痛みによる叫びは、時計の鐘のような純粋に機械的なものとして考慮に入れなくていいというのだ（ちなみに、デカルトは生体解剖のパイオニアだったんだよね）。

　彼の古典的な思索はデカルト的二元論として知られるようになり、そしてその二元論の様々なバリエーションは西洋の科学と哲学に多大なる影響を与えた（心と体、理性と本能、文明と未開状態、人間性と獣性、客観性と主観性）。そしてこの二元論が、今に至るまで終わることのないさまざまな問題のもとになっている。しかし、いまの僕にとって重要な意味を持っているのは、動物は意識を持っていないのだろうかということ、もっと言えば、本当に僕ら人間の意識は物理的世界からは独立しているのかということなのだ。

しかし、ここで僕は、哲学者マルティン・ハイデッガーに注目してみようと思う。深い知性を離れ、泳ぎ出す僕についてきてくれ。**一人だと溺《おぼ》れてしまうかもしれないからね。**

一九六〇年代にハイデッガーが詳細に展開した、デカルト的二元論への現象論的代替案は、デカルトの考えを覆《くつがえ》した。例えば、ハイデッガーは何かについて考えることなく思考することは、実際は不可能だと指摘した。デカルトの**「我思う。ゆえに我あり」は、実際のところ、「我は何かについて思う。ゆえに我あり」**であるべきということだ。僕らが、考え、推論できることの一つが自分達の心である一方で、その他にも多くのことを考えることもできる。そしてこれが風穴を開けた。認識された自分の存在を構成する他の側面について考えるよりも、自分自身について思いを巡らすことをより根本的にするのは何なのだろう？　ハイデッガーは、人間の存在の根本的解釈を更新し、私というものは、論理的思考のできる心だという考えを否定したのだ。

　もちろん、自らの存在について思い上がった発言をするならば、僕らは、自分の意識が実体のないものであるとか、両目の裏（脳の中心にある松果腺《しょうかせん》が、デカルトの推定した部分である）が、決定を下し、僕らの体に行動を命令しているものであると推論するかもしれない。でも、この一見合理的な考察は、思考の一つのモードにすぎず、存在するとはどんなことであるかを大部分において説明していない。結局のところ、僕らはそこにある根拠に取り組むしかないわけで、読者のみなさんはどうかわからないけれども、僕のこの瞬間の存在というものは、僕の注意をその時々に引く物事に沿って、よろよろと進んで行っていると思うのだ。例えば、あっ、鼻がかゆい。脚を組み直す。見て、きれいな女の人！　仕事に戻る。このイス、座り心地が悪いなあ。鼻をかく。ちょっと待て、なんだかヤバくないかな。呼吸するのを忘れないようにしなくちゃ！　待って、ふう、呼吸は自動的じゃないか。なんだか愉快だよね、こうやって考えると。

　そうだよ、僕らはもっとよろよろと進んで行くんだ。哲学的かもなと感じる時の様々な感覚は、デカルトのような抽象的な思考に理由をつけられるけれど、もっと根本的なレベルでは不可避的で密接に関係している、ハイデッガーが言うところの、「世界-内-存在」なのだ。

これが、人間がヤギになることに、またヤギが人間になることにどのように関係しているのだろう。まあ、現象学的見解によれば、僕らは世界との交流の結果により存在する。ユカギール族は、外的な物理世界に根本的に依存しない自己完結型の意志を持つのが人間であるというデカルト派の考えよりも、より現象論的見解を持つとウィラースレフは異論を唱えている。彼らは自分たちを独立した個々の人間ではなく、身体的な状況に大きく左右されると考えている。どこにいて何をしているかによって形成される存在だとするのだ。これは、シャーマニズムの儀式の重要性を説明してくれる。シャーマンが動物を真似することで行動と身体的特徴を変える時、彼らはその属性も変えているのだ。そして人は自分自身の属性に依存しているがために、その属性を劇的に変えれば、現実に動物に近い方向に進むことができる。ユカギール族は実際のところ、自らの身体と行いを変化させすぎないよう深い注意を払っているとウィラースレフは記している。なぜなら、その動物になりきってしまうと、戻ってくる方法がないというのだ。

僕自身、**完全にヤギになったと信じる自分を想像するのはとても難しいし、**動きと身振りを変えることで、実際にヤギになれると考えることさえ難しい。とにかく、僕はそんな風には育ってきていない。でも、もしオールドスピリドンが、彼の行いを通じて、世界との関係を変化させることが出来て、メスのヘラジカが彼を危険な人間のハンターだと認識しなくなり、一瞬でも、ヘラジカが人間に見えたとしたならば、その瞬間は**ヘラジカは人間であり、同時に人間はヘラジカなのだ。**ユカギール族がヘラジカの視点に立ってウィラースレフに指摘したのは、ヘラジカは人間だということだ。

これは僕のプロジェクトの目標全体にとっては、大きな変化である。もしヤギとして世界を経験したいのであれば、僕は僕自身を、世界の中での属性を、**イスを見て、自動的にそれを座ることと関連づけない**レベルへと変更する必要がある。**文字を見て、自動的にそれを読まない**ことだ。ヤギを見て、それを僕のような人間だと思うことだ。

＊　＊　＊

「上級特別クラス」の時間が近づき、アネットのキャビンを去る前に、彼女は僕のプロジェクトに関して最後に一言付け加えた。彼女は、「動物を崇《あが》め、魂を呼ぶ、この神秘的で、スピリチュアルなプロセス」に、よりいっそう深く入り込むようにと助言してくれたのだ。しかしながら、彼女は僕が最後にはその神秘性を手放さなければならないだろうと確信を持っていて、なぜなら、彼女自身は、僕がテクノロジーを使って自然に近づこうとしていることを矛盾だと思っているからだ。「五十年前には、誰もこんなにおかしなアイデアを思いつく人なんていなかったでしょうね。自然からの乖《かい》離《り》はすでにほんとに馬鹿《ばか》げているほど極端に、そしてどんどん深くなっているのよ」

「テクノロジーが僕達を変えている。疑いもないことですよ」と僕は言った。

「ところでアンタは、コスチュームを作るだけのプロジェクトにするの？　それとも人間が動物の親類のようになって、彼らとのギャップを埋め、動物と同じように感じることができる方法を見つける努力をするの？　アンタはそれを決めなくちゃいけないわ。だってそれさえ決めればなにもかもがシンプルになるもの。そこではじめて霊的な行いとなるのよ。それが本当の学びなのよ」

＊　＊　＊

数週間後にロンドンに戻り（デザインの歴史において、その「上級特別クラス」は最も重要な教育の実例になったと誰もが言ったよ、ちなみにね）、僕はシャーマニズムの霊的側面にさらに一歩踏み込む決意をし、説得を重ねた結果、ウェールズのニューポートで行われる、**「シャーマン的旅へのお誘い」**と題されたワークショップに友人のサイモンを誘うことに成功した。サイモンは僕の古い友人で、幼少期のトラウマのおかげでウェールズがあまり好きではない。それでも、彼は非現実的なバカバカしい試みを笑わないでくれるし、それに僕らは十代の頃から、互いの滑稽《こっけい》なプロジェクトを助け合ってきている。そこにいく道すがら、僕らはその日一日、オープンマインドな感じで過ごそうと決めた（そして僕はサイモンに、誰のことも容赦なく笑ったりしないと誓わせた）。僕らは、クッション、アイマスク、そして毛布を持ってくるように言われていた。それがあれば〝旅〟に出ている間、快適に過ごせるという。それを聞いてちょっとばかり「旅立つ」感覚をもたらしてくれるのではないかと期待が高まった。僕のガイドをしてくれる動物の魂がヤギであることを心から願っていた（ヤギじゃなかったら、ワシとかチーターなんていうカッコイイ動物がいいよね）。

ニューポート・クリニックは、M4高速道路のすぐ側にある赤煉瓦《あかれんが》の建物で、ワークショップは会議室で行われることになっていた。僕らのシャーマンの先生達は六人の女性で、旅をしに来ていた人達は、鼻ピアスの学生から成人した子供のいる中年まで、幅広い年齢層だった。個人的な悲しい出来事と対峙《たいじ》するためにその場に来ているように見える人も何人かいた。というのも、僕らのグループリーダーであるマキシンに特別に許可されて、死の国にいる特定の魂と接触するために必要なものを持ってきていたからだ。

イスが部屋の片側に寄せられていて、僕ら全員がクッションに座って車座になると、ホワイトボードを使ってマキシンがシャーマン的な旅の基本を説明してくれ、僕らそれぞれが自分の「世界軸」を選ぶ手助けなんかをしてくれた。自分の「世界軸」とは、自分が長く親しんでいる場所のこと。そこは通常の現実世界から非日常的な現実への入り口になってくれる。そこを起点にして僕らは上の世界へ行ったり、あるいは、掘り下げて、下の世界に行く。僕が選んだ、子供の頃によく行った公園にある木については、「とてもいいわ、トーマス」とマキシンは言ってくれた。マキシンはなぜシャーマニズムの施術者《せじゅつしゃ》になったのかという個人的な話を結構な長さで語り、ダラダラと時間は進み、午後遅くになってようやく、僕ら自身が旅にでる時が来た。僕達がクッションの上に寝転がり、目をつぶると、マキシンが、速く、激しいリズムで太鼓を叩き始めた。僕は自分の「世界軸」を想像して、深い根まで掘り下げていき、ずっとずっと下まで、下まで……。なんとなくできたような気がするけど……。

多彩な幻覚が見えはじめ、**天国から歌声のハーモニー**が聞こえてきた。そして、パチパチとはじける火で照らされたような、影が現れたり、消えたりしはじめた……。まるで幽霊のようで、ディテールは見えない。抽象的なんだけど、こっ、これは、これはまさに……。**ウサギだ。**明るく、そして暗い幻覚から出たり入ったりを繰り返しながら踊り、僕と話そうと立ち止まってくれたりはせず、僕が何をすべきかも教えてくれないけれど、でも、そこでは確かに、ちらちらとする影が出たり入ったりを繰り返していた。出ては消えて、まるで闇《やみ》のなかを飛び跳ねているようだった。太鼓のビートが大きくなり、速くなり、突然やわらかになると、マキシンが僕らを現実に呼び戻す声が聞こえてきた。どれぐらいの時間、非日常的な世界の中にいたのかわからないけれど、たぶん十五分ぐらいだったと思う。僕らのセッションはそれで終了した。

徐々に体を起こして、目を開けて部屋のなかを見回し、目を慣らし、丸くなって座り、何を見たのかを話し合った。何も見えなかったと言う人もいた。鼻ピアスの学生は、とんでもないアドベンチャーに出かけてきたようで、ドラゴンの背中に乗って死人の国深くまで行き、トカゲのエイリアンと現在の世界の状況について語り合い、そして天国まで行き、神様に会ったとかなんとか言ってた（実力以上に頑張るタイプだね）。

僕が話す順番が来たので、ウサギに会ったこと、そして美しい歌声を聞いたことを話した。マキシンは喜んでくれた。僕だって相当うれしかった。まあ、出会ったのはヤギじゃなかったけど、魂という存在が僕に会いにきてくれたのは事実だもん。おかしなことに、サイモンもウサギに出会ったというじゃないか。ほんとかよ。でもそれってどういうこと？　マキシンにもそれは説明できなかったけど、僕らが将来的に共同で成し遂げるかもしれない大きな仕事に関する何かなんじゃないかとのこと。

マキシンは全員の目を見て、完全に非現実世界から戻り、僕ら全員が自分の体に戻って、ちゃんと車が運転できることを確認した後で、シャーマンのプロの助けなしに同じ旅をしてはダメよと僕らに警告した。

ロンドンに戻る時になって、僕はサイモンに二人ともがウサギを見たことについてどう思うか聞いてみた。

「……『ウォーターシップ・ダウンのウサギたち』に決まってんだろ？」

ああ、そうか。思い出した。僕らは二人とも、子供の頃に読んでいたおばけのウサギのマンガに強い影響を受けていたんだった。

「それとな、お前が聞いたってみんなに言ってた美しい歌声って、あれ、**マキシンのハミングだから**」

ああ、マキシンが歌ってたのか。それを僕は耳で聞いていたわけで、魂の世界から聞こえてきたんじゃないってこと？　そうか、それなら納得だ。それにしたって彼女、めちゃくちゃ歌がうまいよなあ。

「お前、ほんとバカだな」とサイモンは言った。

＊　＊　＊

ウェールズでの新たなシャーマン的体験の後、明らかに落ちつかなくなった僕は、この知覚の変化に関する問題には真剣に取り組まなくてはと決心した。アネットは言わなかったし、マキシンもこれについて言及は避けていたけれど、精神を活性させる物質がシャーマンの儀式で使われることは誰だって知っている。ということで、読者のみなさん。僕はとある植物を手に入れちゃったかもしれないし、手に入れなかったかもしれませんし、僕の人生で最悪の経験をしちゃったかもしれないし、しなかったのかもしれないのです。頭から知覚のドアに突っ込んで、錯乱したみたいに暴れ回り、家具をなぎ倒してみんなを不安にさせちゃったかもしれません。そしてもちろん、僕はヤギになったらどうなるかを経験できたなんて、さらさら思ってもいませんよ。めちゃくちゃ怖ろしくて、世界全体が奇妙で、幾何学的になってしまって、雨降りだというのに財布も電話も鍵《かぎ》もなく、靴も靴下もない状態で家の外に放り出されちゃったなんてことがヤギになる経験だなんて、ありえないよね。そんなの最悪なシチュエーションだよ、だって雨降りに裸足《はだし》なんて、まったくどうかしているし、そんな人間を助けようなんていう人はいないでしょ。目がイッちゃってて、自分でもどうして欲しいのかわかんないなんて時は特に。激しい苦痛、退屈さ、自分という存在に対する不安から安らぎを得るために、どんな種類であれドラッグ（違法も合法も）を使うことは、人間にとっては大切なことだ。頭から追い出すこと、顔を背けること、知覚を変えようとすることなんだ。でも僕は今回、安らぎなんて得ることは一切できなかった。実際のところ、僕の不安と恐れは叙事詩レベルで拡大されてしまった。結局僕は、タクシーに飛び乗って、ガールフレンドの家に向かったのだった。正直、最悪だったよね……。僕が言えるのはそれぐらいだ（キッズ達にひとこと：強い幻覚作用のある植物には、くれぐれも注意すること。**ダメ、ゼッタイ**）。

＊　＊　＊

※1　もちろん、脚が長くて首が短い動物は、膝《ひざ》をつくことで食べることができるけれど、「sitting duck（いいカモ）」というフレーズが示す通り、その危険性はカモだけのものではないのだ。
※2　ランダム変異、その後、自然淘汰が続くということ。
※3　実際ユカギール族によるいきすぎた狩猟が、その地域のヘラジカの数の減少に繋がった。さらに言うと、アメリカに多くのバッファローが残っているわけでも、イギリスに熊《くま》が残っているわけでもない。

第2章 思考 Mind

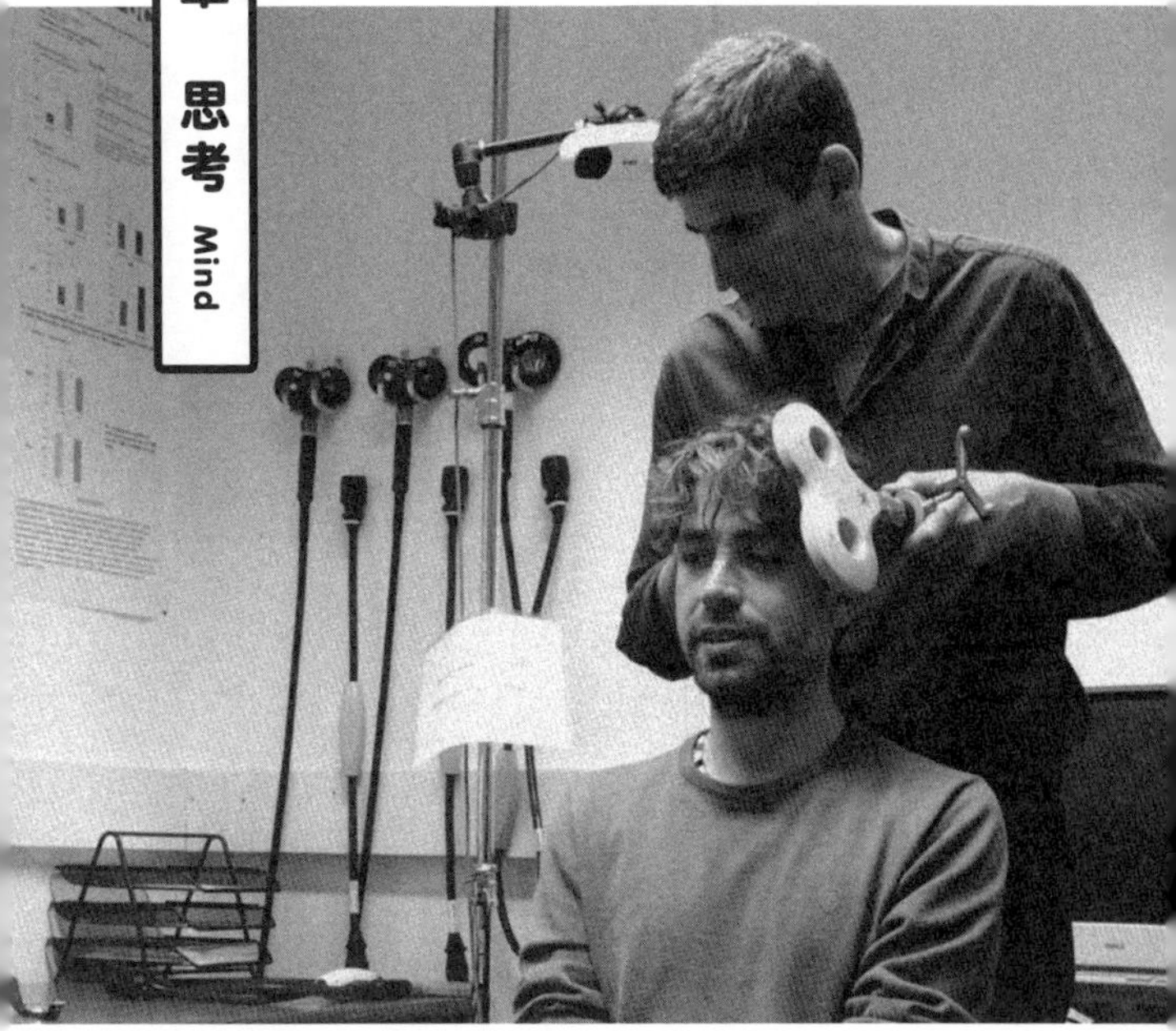

ヤギのバターカップ自然保護区にて（晴天）

僕は現実に立ち返って、きちんとした科学的根拠から、ヤギの知覚の問題にアプローチしなければいけない。イギリスで最も優秀なヤギ行動学のエキスパート、アラン・マックエリゴット博士（※1）以外に話を聞くべき人は思いつかない。

博士と学生たちはバターカップでヤギの研究をしている。バターカップとは、（世界の他の地域にもあるかもしれないけれど）イギリスで唯一《ゆいいつ》の、**虐待《ぎゃくたい》されたヤギのための保護施設**で、なんと僕の住んでいる家のすぐ近所にある。

バターカップに行けるなんてワクワクしちゃうよね。だってそこら中にヤギがいるんだぜ！　庭で歩き回ったり、頭をぶつけ合ったり、草を食べたり、うれしそうに金属製のえさ箱に角をからめて頭をつっこんだり、何かの上に立ったり、座ったり、嚙《か》んだり、ウンコしたり……。ヤギらしいことを自由気ままにやっているというわけ。ヤギにとってバターカップはこの世の楽園で、いわゆる豪華なスパリゾート的な場所なんだ。もし君がバターカップのヤギだったら、温かくて快適な小屋（自分だけで使ってもいいし、仲良しの連中とシェアしてもいいんだぜ）を与えられ、好みとリクエストにバッチリ合った朝食まで用意してもらえる。朝食の後は、一日中自由時間だ。庭でブラブラと歩き回ってスタッフと戯《たわむ》れ（グルーミング、ペディキュア、そして最高レベルの医療ケア）、贅沢《ぜいたく》に設《しつら》えられた建物でゆっくりとくつろぐことができる。君がもっとアクティブで喧嘩《けんか》好きなヤギだったら、一番高い丘に登って、キング（またはクイーン）になるってのはどうかな？　そしてもちろん、そこにはいつも新鮮な草が生えた広場があり、ところどころに、その楽園の名前の由来となった花が咲き誇る。そう、バターカップ＝キンポウゲさ。僕がヤギだったら、死ぬ前に一度はバターカップに行きたいと思うだろうね。

　僕はバターカップ設立者のボブに会った（「最初は二頭のヤギからはじまりました。今は二百五十頭ですよ」って彼は言ってた）。彼はヤギの小噺《こばなし》で僕を楽しませてくれ、そして総支配人のゴーワーと、動物の世話をするボランティア数名に僕を紹介してくれた。バターカップは素敵な場所のように思えたし、ゴーワーが後になって（僕らがひと組みのボランティアの、人間として若干とっぴな行動を目撃した後に）、「ここは人間にとっても楽園なんだよ」と教えてくれた。

　僕とマックエリゴット博士は、彼の研究室のあるクイーン・メアリー大学で会う

バターカップでボブとヤギと話をする僕

ことになった。研究室の壁には、彼の被験動物が表紙になった高名な学術誌『Proceedings of the Royal Society B』が、額に入れられ、飾られていた。

「ああ、そうそう表紙になったんだ」と彼はアイルランド訛《なま》りでこともなげに言った。彼こそが、ヤギの権威である。

僕がヤギの行動について知りたいのには、はっきりとした理由があった。それがマックエリゴット博士にとっては全然はっきりとしてないとしても。僕らは、まったくのゼロから話を進めていった。

「なぜ君はヤギになりたいんだ?」と彼は聞いた。

「ええと、実はシャーマンに会いに行きまして、彼女が僕にヤギになれと言うんですよ〜」

「へえ、なるほどね」とマックエリゴット博士は言った。一瞬の沈黙の後、彼は続けた。「なぜシャーマンに会いに行ったんだ？」

「実は、象になろうと思って行き詰まっちゃいまして」

「そりゃそうだろうね」とマックエリゴット博士は言った。僕がデスクの前に座ったとき、壁の時計をちらりと見たのは、やれやれみたいな気持ちだったのだろうか。

「敢《あ》えて質問するけれど、なぜ象になりたかったんだ？」

ヤギのエキスパート
アラン・マックエリゴット博士

「ああ、象ね……。えっと、人間の存在とその考えの詰まった世界を重く感じちゃったんです。つまり、動物になった方がラクじゃん？　って考えたんですよ。動物になれば悩みもなくなるんじゃないかって。いわゆる、人間特有の悩みっていうやつですが」

「あー……」

「ヤギは悩んだりするのかな？　って思って」

「**悩むね**」

マジか。

ありがたいことに、これについてマックエリゴット博士には言いたいことがもっとあるらしい。「実際のところ、私自身はそれを〝悩む〟とは言わないけどね。不安になる……つまりストレスを感じるということだろうか。バターカップで行ったヤギの感情を識別する実験でわかったことなんだけれど、ヤギの胸部にモニタをつけて、声やしっぽの動き、耳の動きを記録する機械を装着するだろ。その状態でヤギを不快な状態に置くんだ」

ここでマックエリゴット博士は、とても念入りに、ヤギに対しては常に「倫理的に」、そして「非倫理的で危険な状態」にならないよう実験を行うのだと説明した。そして彼らがヤギにストレスを与える場合、それがどんなストレスであっても、「五分以下」で行うことなども説明した。博士のこの説明を僕は逆に受け取ってしまい、**時計仕掛けのオレンジ的な実験**をヤギに行うのだと身構えてしまった。

マックエリゴット博士は続けた。「私達が行う実験は、食物フラストレーション実験と呼ばれているんだ。ヤギに囲いの中でエサを与える。同時に隣の囲いにもヤギを入れるという実験なんだ。これによって、エサを与えられないヤギが不快な状態になるわけ。でも、強すぎるストレスは与えないようにしているよ。倫理的じゃないから」

マックエリゴット博士と倫理委員会はヤギにわずかな嫉妬心《しっとしん》を抱かせることの倫理的可否について検討を重ね、科学の名においてならば、それは倫理に反することではないと決議したらしい。ヤギの嫉妬が五分以下であればの話だけれど。

「ヤギの声は、すべて単調に聞こえる。でも、実は、メーという声の中にもわずかな変化が起きて、耳も尾も動きを変えるんだ。ニュートラルな時、ネガティブな時、そしてポジティブな時もね」

ということは……。ヤギはストレスを感じることができて、またストレスを感じている時は鳴き声も変化させることができるというわけだ。僕はマックエリゴット博士とその同僚に無礼なやつだと思われたくないけれど、これは僕が期待していた、ヤギの心理に関する深い洞察とはちがっていた。でも、博士と話すうちに、僕はマックエリゴット博士がどんな人物であるのかがわかってきた。動物行動学者として彼は、動物の心理について強い確信を持って語る人だ（それも数値化された確信だ）。それはとんでもなく難しいと思うんだ。人間同士でも、誰か他の人の心のなかを知るというのはとても難しいことだから。そして言葉という手段があっても、僕らは間違いを犯す。動物に関して言えば、動物には何を考えているのか聞けないうえに、自分自身の経験を当てはめることもできない。だって、動物であるということがどんな気持ちなのか、どうやって知ることができるというんだ？　ここに動物行動学者の抱える困難がある。動物が何を考えているのか確信を持って語るためには、動物に何を考えているのか、どうにかして身をもって示してもらわなくちゃならないのさ。

僕はこれに似たパターンで、異なる世界観やコミュニケーション方法を持っている、奇妙な宇宙人の科学者を想像することができる。科学者は、僕が頭を殴られることが嫌いだろうという理にかなった推測からはじめ、実験的に僕の頭をポカリと殴って、僕が出す悲鳴の変化をメモし、僕の目が閉じられる様子だとか、おでこにシワが寄る様子を見て、ホモサピエンスが不愉快な状態に置かれた時の反応だと結論づけるだろう。

春になり、子ヤギが小屋から出してもらって、喜びのあまりぴょんぴょん跳びはねる様子を動画で見ると、僕らはつい「ああああ、すごく嬉《うれ》しそう！」と考えるだろうが、マックエリゴット博士はもっと用心深く考えろと言うのだ。「ヤギを擬人化して、幸せそうだと言うことはできるけど、我々はそれを科学的に特定できるように研究する必要がある。推測だけじゃダメなんだ。そうは言っても、彼らが鳴きさわぐ時や興奮状態にある時には、それを様々な声にして表現していると言えるんだ」実際のところ、この会話を通して、博士がヤギを擬人化することは一度もなかった。

マックエリゴット博士とアネットの、動物の心理状態へのアプローチは対極にある。アネットは動物に人間性を与えることからはじめるけれど、マックエリゴット博士は動物にはそれが無いと仮定するところから研究をはじめている。しかしながら、マックエリゴット博士の研究の大部分は、家畜として飼育されている何十億という非ヒト動物の生活の向上に関係しているわけだから、現代の人間と非ヒト動物との契約を見直すという意味において、二人のゴールに大きな差はないと僕には思えるのだ。

博士は、虐待を受けていた場所からバターカップにやってきたヤギが、「負の認知バイアス」（先入観、恐怖心、直感などが妨げとなり、論理的思考ができなくなること）を示すかどうか調べるために行った実験について話してくれた。「コップ半分の水」思考を持っていたのかどうかというものだ。

廊下の少し先に、おいしいおやつがあると訓練されたヤギが、そこに行き着く回数の半分しかおやつを見つけることができないという曖昧《あいまい》な刺激を与えられた時、ヤギは廊下を先まで歩き、そこを見る（コップにはまだ水が半分入っている）のか、それとも見ない（コップに水は半分しか入っていない）のかという実験だ。廊下を歩くことで、また歩かないことで、ヤギはその気分を、クリップボードを手に持った動物行動学者達に見せてくれるというわけだ。

バターカップはその名前通り、そしてその役割において、ヤギの楽園であると言える。そこにいるヤギの多くが酷《ひど》い環境から救い出されてきたものだ。僕らが到着したときに、ボブがおぞましい話をたくさんしてくれた。ラッキーという名のヤギは池に沈んでいるところを職員によって発見された。喉《のど》は切り裂かれ、しっぽは切断されていた。そして意図的に溺《おぼ》れさせられていたのだそうだ。驚くべきことにラッキーは命を繋《つな》ぎ、バターカップに連れられてきた。だから、ラッキーと名づけられたそうだ。別のヤギは連れてこられた時、職員達は黒いヤギだと思ったそうだ。しかし彼はディーゼル燃料まみれだったのだ。だから名前はディーゼルだ。バターカップには人間が行った虐待の数々がある（カレーとボビン＝糸巻きという名前のヤギもいる。推して知るべし）。マックエリゴット博士が言うには、虐待経験のあと最低でも二年間、バターカップにおいてしっかりとケアを受けたヤギは、虐待されていないヤギに比べて、負の認知バイアスを示さなかったという。実際のところ、虐待されたことのあるメスのヤギは、虐待を経験していないヤギより少しだけポジティブで、虐待をしていた人達から離れられたことによってさらにポジティブになれる可能性を示唆《しさ》しているという。

マックエリゴット博士の、「廊下の曖昧な刺激実験」の人間バージョンでは、一部の人間は負の認知バイアスを示したそうだ。これは、「落ち込んだ気分」と、（継続的な）臨床的鬱病《うつびょう》（アンケートの回答から推定したらしい）に苦しんでいることと、強い関係がある（※2）。もしヤギが負の認知バイアスを外に向けて示す場合、その内なる面が落ち込んでいたり、あるいは鬱状態であると推測することはできるのだろうか？　人間の同じような行動を、彼らが悲しいという感情を表していると理解するのならば、ヤギの感情を否定することはとても失礼なことなのではないだろうか。

認知バイアスに関する実験は、動物が人間に感情を伝えることができないという問題を回避するために、様々な形で広く行われている（「この一ヶ月の間に、どれだけ社交的状況を回避しましたか？」なんていう設問のあるヤギのためのアンケートなんて聞いたことない）。実験は、ヒツジ、犬、ネズミ、ムクドリ、そしてヒヨコで行われたことがある。様々なストレスフルな状況に実験対象動物を置くと（もちろん倫理面は考慮されているだろう）、動物は負の認知バイアスを示すので、彼らにも内面の感情があると考えることができる。人間以外の動物も負の認知バイアスを示すのだから、つまり、彼らも悲しみを感じることができるのだ。ヤギや犬やネズミであれば、そう驚くべきことでもないが、ミツバチであればどうだろう？　ミツバチは憂鬱な気持ちを抱えたり、ネガティブな感情を抱いたりするのだろうか？　ミツバチだって負の認知バイアスを示すらしい。ミツバチのバイアスを調査した科学者であるニューキャッスル大学のジェラルディン・ライト博士に僕は話を聞いた。彼女の答えは「認知バイアス実験に基づいて、ヤギや他の動物に感情があると考えるのであれば、それをミツバチに適用しないというのは論理的ではない」というものだった。ということで、もしかしたら**悲しげにブンブンしてるミツバチ**もいるかもしれないってことさ。そうでなければ負の認知バイアスの立証は、実は「私は悲しい」と言うことと、無関係なのかもしれない。

最も基礎的な感情の存在でさえ、科学的に特定するのが難しいのであれば、動物たちの思考がどんなものであるのか理解するなんて、どれだけ難しいのって話じゃないか。これはマックエリゴット博士のような動物行動学者が、動物の精神世界を理解しようとする時にきわめて慎重になる理由のひとつだ。

マックエリゴット博士が、心配するヤギに話を戻した。

「ヤギが心配しないと言っても、彼らは確実に怖《おそ》れは抱いているわけで、その怖れというのは、彼らがどのように進化したのかに基づくものなんだ。自然界ではヤギのような動物は被食者で、彼らは食べて、水飲み場にも行かなければならないのだけれど、お腹をいっぱいにするには、飲食の必要性と固有のリスクとを天秤にかける必要がある。だから、食べると同時に、彼らは常に捕食動物を警戒しており、常に緊張しているというわけだ」

つまり、僕が野生のヤギとして生きていくために気をつけなくてはならないのは、どのようにして食べるか、そしてどのようにして食べ物にならずに生きるかということだ。僕は今まで一度も捕食される側の動物になったことはない。突然襲われて、生きたまま食われるというリスクがあるがために、常に緊張状態でいるなんてちょっとストレスがかかりそうだ。しかしまあ、僕が住んでいる都会の高級住宅地であるバンクサイドだって、バスや億万長者の乗ったスポーツカーに轢《ひ》き殺される可能性だってある。どんな生きものだって、突然死のリスクとともに生きて行かなくちゃならない。でも、それを意識して、**気に病むことができるのは人間だけ**だ。恋人、友人、そして家族の死は、特にそう感じられる。しかしながら、群れで生きる動物であるヤギには、社会的な関心事もあるのだ。

マックエリゴット博士はヤギの社会生活について説明しはじめた。自然のなかで彼らは、一般的に性別で分けられたグループで移動しており、各グループ内には明確な階級があるそうだ。リーダー格のオス、あるいはメスは最も良い場所で眠り、食べたいものを食べ、一般的にその群れの動きを先導する。「つつきの順位」(持続的な優劣関係のある鶏の群れについての専門用語）も、群れ全体に行き渡っている。だから、もし僕が劣位のヤギであったとして、とっても美味《おい》しそうで新鮮な草を見つけたり、温かくて乾いたベッドを見つけたとして、そこに優位にあるヤギがやって来た場合、そこから素早く移動しなければ、とんでもないことになる。

常にケンカをして奪い合いになることを避けるための方法が、厳格な序列だ。誰がボスなのか誰もが知っているし、誰もが自分の立場を知っている。もちろん、時には自分の立場を試してみたくなるだろうし、群れに参加したばかりの時は自分の居場所を確保しなければならないだろう。それが結果的に群れ内での衝突になって、高い地位を保つため、支配力を確立するための根回しなども必要になるだろう。しかし、だからといって、頭突き、頭突き、ドーン！　ガツン！　ってわけじゃない。ヤギにだって友達はいる。互いに忠誠心を持ち、他のヤギよりも、多くの時間を共にするのだ。

ということで、ヤギである僕は、支配的な個体が重要な役割を果たすという、この社会環境のなかで生きていかねばならない。友達を作り、ケンカをしたい場合を除けば規則を破ることを回避するのだ。

群れのなかで自分の立ち位置を把握するのは、経験から言ってもひどく骨の折れることだ。特に、野生のヤギは動物行動学者達の言う「離合集散」を行うからだ。それは、小さな派閥が群れから離れ、共に時間を過ごし、後になって再び群れに参加するというもの。ヤギが一緒にいる相手は常に変わっていくので、ヤギは誰が好きなのか、誰を服従させなければならないのかを常に記憶しておかなければならず、同時に誰と一緒に一定の時間を過ごすかにしたがって、態度を調整しなければならない。例えば、僕が他のヤギメンバーのなかで最も高いランクであるならば、僕はその微妙な差に気づいて、自分がボスだと認識しなくちゃいけない。もし僕が、その時一緒にいた仲間のなかで、リーダー格のヤギではないとしたら、エサとレディー達を勝ち取るべく、なんらかの戦略を考え出す必要があるだろう。例えば、僕の上の地位のヤギの注意が逸《そ》れたことに気づく、とかね。

複雑な社会環境で生活しなければならなかったことが、ヤギ、人間、犬、そしてその他多くの社会的生きものが、洗練された認知技能を進化させた理由の一つだ。ということは、ヤギはそれだけ聡明《そうめい》な生きものなのだろうか？

バターカップの設立者、ボブが教えてくれたヤギの賢さについての話は最高だった。英国海軍が様々な深さに潜っている潜水艦から、どのように人間が脱出するのかという実験を実施した際に、生き残った三十二頭は、今は彼のヤギとなっている。この実験でヤギは高圧室に入れられ、圧力が変わることで減圧症を起こすかどうかを実験されたのだ（彼らがヤギを使ったのは、ヤギの呼吸のしくみが人間のものに類似しているから）。ボブが言うには、海軍のヤギ使いは、一部のヤギが減圧室に入るときに脚を引きずるようにしていることにしばらくして気づいたのだそうだ（ヤギはそもそも健康体であった。そうでないと実験できないから）。しかし畜舎の中に戻されると、脚はすっかり元に戻っていたのだそうだ。

僕はこの奇妙な話を聞いて、なぜだか懐疑的だった。「ホント？　脚が痛いふりをしたって？　そうすれば実験されないから？」ボブ、あんた、よく言うよ。ヤギが実験方法を理解してるっての？　ヤギが仮病を使うって？　あんた、相当なヤギ好きだねえ、そうだろ、ボブさん？

ボブを疑うばかりではフェアじゃないことを申し訳なく思って、とりあえずググってみた。世界は、仮病を使う野生の、または家畜としての動物であふれている事実に照らし合わせると、ボブの話は、あっという間に信頼できるもののように思えてきた。ミスター・スナグルという名の猫が、家の中に入るために足を怪我《けが》したフリをするオモシロ動画さえある。ボブは、数頭のヤギが差し錠を動かして、囲いから出る方法を学んでしまったため、追加で鍵《かぎ》をつけなきゃならなかったことも教えてくれた。ある晩、囲いの中でヤギを寝かそうとしていた時のことだ。彼は数頭のヤギを二度囲いに入れたことに気づいたのだそうだ。ヤギは自分で囲いから出て遊びにいっただけでなく、友達のヤギの囲いにも行って鍵を開けてやっていたらしい。

僕はマックエリゴット博士にヤギの知能について聞いてみたのだけれど、次の質問は明らかに彼を怒らせた《ゲッツ・ヒズ・ゴート》（※3）。

「ヤギっていうのは、人間で言うところの三歳児ぐらいなんでしょうか？」

「ああああああ！！」**マックエリゴット博士の内なるヤギ**は僕の質問に苛立《いらだ》ち、身をよじった。

「そういう比較は大嫌いなんだ。新聞で『ニューカレドニアのカラスは七歳児ほどの知能を持つ』なんていう見出しを見たことがあるんだ。ふうん、なるほど、そうなんだ。どうやらカラスに認知テストのようなものを行って、まったく同じテストを子供にもやったらしいよ。七歳の子供でないと、そのテストに答えられなかったらしくてね。しかしそうはいっても、実際に何が起きているかなんてどうしたらわかるというんだ。素振りは同じように見えても、脳内で何が起きているのかなんてわからない。動物はその存在自体が興味深いものであるべきで、七歳の人間に勝てるから興味深いわけじゃない。だから、そういう質問にはイライラするんだ。この議論の行き着く先は、もし動物が七歳児と同じだけの知能を持っていないとして、その動物の価値が下がるのか？　ということ。そうなると、動物を手荒く扱ってもいいってことになる。我々のように丁寧に扱うことだってできるのに、動物だからって手荒く扱ってもいいのか？　動物には価値がないのか？　私の答えはノーだ！」（※4）

僕が平和な雰囲気のなかでマックエリゴット博士の部屋を出ようとした時、僕が怖れてきた質問、推測されることがとても嫌で意図的に避けてきた質問を、博士が投げかけてきた。「ちょっと待って。今まで聞かなかったけれど、君はオスのヤギになるつもりなんだよな？　っていうのも、ヤギには重要な性差があって……」

僕のヤギとしての性別と性的能力について、僕は今まで考えたくないと思っていた。資金援助の申請書のなかでは、象になってもオスになることは暗黙の了解だと思っていた。だって、どこにも**「僕はトランスジェンダーの象になりたい」**とは書いていないのだから。性を超越するうえに、異なる種になるということ？　それってあまりにも大きな問題を一度に抱えすぎちゃうことだと思うんだ。

しかし、性別は動物の生態においては、明らかに重要な要素だ。ダーウィンの観点から言えば、性別は動物の生態の全《すべ》てである（しかし僕ら個々の生きものにとって、それは全然関係ないことだよね。だってデオキシリボ核酸＝ＤＮＡに対する義務は誰にもないしさ。そうだろ？）

それなのに僕は「最後」まで、このプロジェクトを進められる心の準備があるのか、自分でもわからないのだ。ヤギに僕を寝取られたら、ガールフレンドはすごく腹を立てると思う。この、ヤギとセックスするって話は、次々にやっかい事を引き起こす。僕の意見だけれど、どちらか選べと言われたらヤギを食べることのほうが、はるかに好ましいと思える。読者の皆さん、正直な話、このプロジェクトは、**異種間の「イチャイチャ」を正当化するための策略**なんてものじゃないんですよ。もちろん、現代アートあたりの分野なら意義深いのかもしれないけど。ベルリンにあるアヴァンギャルドなギャラリーであれば、そういった作品を展示することに興味を示すことは間違いないと僕は思う。そして、このプロジェクトに多くの、様々な人達の興味を引きつけることに一役買ってくれるだろうし（ウェルコムトラストはお金がかかるプロジェクトだと考えている）、**「世界最大の生物医学研究基金が、ヤギとセックスするデザイナーに資金提供」**なんて感じで、メディアも大騒ぎしてくれるだろう。その見出しであれば、僕だってその記事を読むだろう。しかしながら、僕自身がそんな記事に書かれるなんてゴメンだね。おぞましいわいせつ行為、獣姦《じゅうかん》、慈善基金の不正使用などの訴因で裁判沙汰になるのは容易に想像できる。実際には、法的な問題点と、その擁護のための弁論が僕のプロジェクトの核心に焦点をあてることになる。だって、もし僕が法廷に立って、自分の、「ヤギと肉体関係を持ったこと」を弁護する事態になったとすると、それは、ある意味、僕は自分の野望を遥《はる》かに超えて、プロジェクトに成功したということになる。だって僕がセックスしたいと思っていたヤギだけ選んでセックスしていただろうし、もし僕が本当にヤギの本能を持つようになり、他のヤギと関係を結びたいと思うところまで自分を変えることができたならば、僕はヤギとだけセックスしたいと望むはずなのだ。

もちろん僕はプロジェクトを成功させたい……だから、だから……。どうしたらいいの。**僕、進むべき方向、間違ってない？** 僕は人間としては、ヤギと「関係」を持ちたいとは思っていないんだ。でももし、本格的にヤギになってしまったらどうすればいいの？　これが難題なのだ。ヤギになりたいと望むことは、必然的にヤギと、セッ、セックスしたいと望むことでもある。そのような行為が行われるとすれば、僕のプロジェクトは、完璧《かんぺき》なものになるだろう。どうやったら僕はこの哲学的な異種間の三角関係に身を投じることができるのだろうか？

ラッキーなことに、自然とマックエリゴット博士が僕に道を示してくれた。ヤギは、性別により厳格に区分けされた集団で暮らしている。オスが発情し、メスが発情期を迎えるときのみ、一緒に行動をはじめる。実際のところ、オスのヤギの放つ臭《にお》いでそ

パン（牧羊の神）が邪悪な行いをしている図。この像はヘルクラネウムの遺跡で発見された。紀元79年に起きたベスビオ山の噴火の灰の下に埋もれていた。人間がこのような行いについて、随分昔から考えていたという証拠である。

れが始まるとされ、オスのヤギは顎《あご》ヒゲにおしっこを一生懸命こすりつけて、臭いを強くし、そうすることで、メスに対してより魅力的な存在になるよう努力するらしい。ということは、僕がもし完全にヤギになりきることに成功し、自分と同じ種とセックスしたいと思うようになるならば、それは、一年のなかでも、ある一定の期間に限られた話のはずだ。季節で言えば、発情期は八月。だから、その時期が終わるのを待ってヤギとしての生活をはじめれば、ヤギと愛の営みをするなんてことにならなくて済むはずなのである。僕自身は発情期は避けたいとは思うけれども、しかし助成金の条件を満たすためには、アルプス越えをしなければならない。アルプスの気候は、冬場はメチャクチャ厳しいし、その厳しい寒さは十月には始まってしまう。**ヤギの彼女と夫婦関係になる可能性を避けつつ**、山頂の気候の致命的な変化に命を落とさないようにするとなると、僕にとっての絶好のチャンスはとてもわずかな期間になることがわかった。

＊　＊　＊

ところで、自分の思考をヤギの思考に変えるための、ベストな方法は何だろう？人間とヤギには共通点がたくさんある。つまり、地球上の生命のはじまりが三十八億年前であり、ヤギと人間の最後の共通祖先が、たった五百万年前にはまだ生存していたとするなら、人間とヤギは進化の歴史の多くを共有しているということだ。これは、僕にとっては、**すべての人間は、内なるヤギを持っている**という意味に思える。ヤギと同じように人間だってかつては野生の動物だった。人間が狩猟採集民として大地をさまよい、百五十人ぐらいの小規模な集団で暮らすようになったのは、たった一万年前のことだ。いうなれば、それは群れと同じだ。進化の面から言えば、我々が広大な都市に住み、イスに座り、追いかける必要もなく腹を満たしてくれる、甘くて太りやすい食べ物を一年中食べ始めたのは、つい最近のことなのだ。ヤギは狩猟採集民ではなくなる前の僕らと、ずっと一緒だった。ヤギのとある種は家畜化されたわけだが、興味深いことに、我々人間も家畜化されているのだという議論も説得力がある。

九つの種がウシ科ヤギ属を形成している（山羊座《やぎざ》みたいに）。このうち八種が、北アフリカ、ヨーロッパ、小アジアの自然のなかで暮らしている。威風堂々としたアルプス・アイベックスもここに含まれる。彼らは欧州アルプスの山に暮らしている（北米のロッキー山脈に住む「ヤギ」は、厳密に言うとヤギではない）。トルコからパキスタンの山々に住む野生ヤギが、徐々に、一般的な家畜としてのヤギに変えられて、それ以来、人間によって世界中に広まっていった種なのである。

人間とヤギとの密接な関係は、肥沃《ひよく》な三日月地帯として知られるメソポタミア地方で、紀元前九千年頃にはじまったとされる。アフリカがユーラシア大陸に出合うザグロス山脈の麓《ふもと》にあるこの地域は、人間の先祖である狩猟採集民の部族が最初に立ち寄り、狩りをし、集まり、定住し、その後に狩りのかわりに、植物の作付けをはじめた場所だ。農業文明の発祥地である。

初期の農民達は、こう心に決めたはずだ。いつでも気が荒く、イライラするほどすばしっこい生きものを狩るために後ろから近づくよりも、どうにかして何頭かを囲い込んでおくほうがずっと楽だってことを。そしてもっと都合のいいことに、元気なオスを最低でも一頭常に捕らえておけば、彼らの備蓄は自然に補給されていくのだ。と

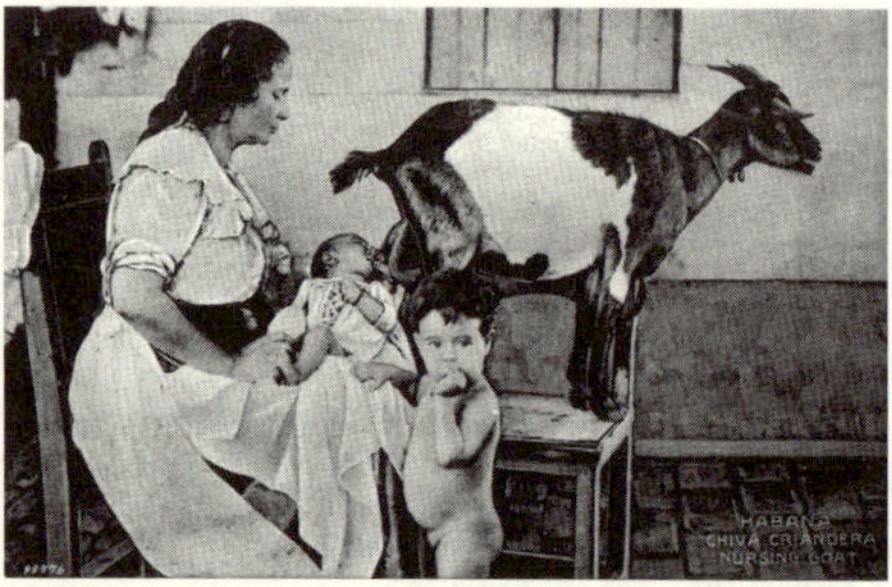

異種間保育

いうことで、**野生のヤギは、家畜化された最初の動物となった**わけだ（その数千年前にはすでに、野心的な狼《おおかみ》が人間のベストフレンドになっていた）。ヤギ肉だけでなく、ヤギのミルクも副産物として手に入った。われわれはそれで子供を育て、チーズを作り、大人はそれを食べた。大人が口にする場合には、ミルクをチーズに加工する必要があったのは、加工することでラクトースの量を大幅に減らすことができたからだ。人間が遺伝子変異によってミルクの中のラクトースを分解する消化酵素を、大人になっても維持できるようになるのは、この数千年後のことだ。離乳後にミルクを飲むことをやめない唯一の動物が人間で、母乳から代替種のミルクに切り替える。ヤギのミルクを利用するのは、人間の約三十五パーセントに過ぎず、殆《ほとん》どが北ヨーロッパ出身で、病気にもならずに、むしろこの奇妙な行いの中毒になったりするのである。

今日の農家でも同じことだが、初期の農民達は、若いオスのヤギの殆どを処分した

(考古学者がオスのヤギの骨を山のように発掘している)。というのも、ヤギの頭数を確保するのには一頭のオスヤギがいれば充分だし、オスのヤギからはチーズを作ることができないからだった。彼らが残したヤギは、一番面倒を起こさないヤツだっただろう。人間に対して強い攻撃性や極端な恐れを抱かなかった個体だったはずだ。だから、世代を重ねるうちに、捕らえられた野生のヤギが徐々に、遺伝子的にも人間を怖れなくなり、人間に対して攻撃的でなくなっていった。なんらかの理由で、種として飼い慣らされるということは、他にも一連の変化を引き起こしていくようだ。すべての変化がすべての種に適用されるわけではないけれど、一般的に、角と歯が小さくなり、体格が貧弱になり、顔がより平らになり、耳が柔らかく垂れるようになる傾向があって、成長したヤギでも子ヤギのような振る舞いをするようになる。遊びを好み、同性性欲が強く、他の個体に対して大いに寛容になる。それに加えて、これはすべての種に見られることだが、家畜化は脳の萎縮《いしゅく》をまねく。犬の脳は狼の脳より小さく、一般的な家畜のヤギは野生のヤギよりも小さな脳を持つし、豚の脳はイノシシの脳より小さい。そして興味深いことに、過去三万年間において、人間の脳も萎縮しているのだ。実際のところ、ホーレンシュタイン・シュターデル洞窟《どうくつ》のライオンマンを彫った人間は、我々と比較して、テニスボール一個分大きい脳を持っていたのだ。彼らはまた、我々よりも体格がよく、大きな歯と、よりしっかりとしたあごを持っていた。

　この進化のパターンは、人間も家畜化のプロセスを辿《たど》っており、凶暴さをそぎ落とされる方向に淘汰《とうた》されつつあるという、興味深い考えに行きつく。ただし、人間を家畜化したのは、人間自身なのだ。この自己家畜化プロセスは、どのように行われたのだろう？　ハーバード大学の生物人類学教授のリチャード・ランガム氏によれば、それは以下のようになされた可能性があるという。誰か（怒っている若い男性の場合が多い）が、その暴力的な気質で集団を混乱させ続ける場合、集団の残りのメンバーは団結して、その若い男に対処しようと決める。そして不穏なことが起こる。集団の残りのメンバーたちは結託して彼の頭に岩を打ちつけたり、崖《がけ》から突き落としたり、槍《やり》で突き刺したりするというわけだ。手荒いやり方ではあるが、問題は解決する。

　ということで、僕らの先祖がより凶暴で気むずかしい野生のオスヤギを選んで処分したのと同じように、過去三万年の間に人間社会でも同じような選択が行われていた可能性がある。人間社会が誕生してからたぶんずっと、人間社会においては死刑が大きな役割を担《にな》ってきたのは疑いようがない。約四千年前に文字通り石に書かれた最古の司法制度として知られるハムラビ法典では、様々な種類の犯罪に対して死刑を適用している。そして、今日、ニューギニアで狩猟採集民の部族に暮らす男性の死因の十五パーセントが死刑だとする研究結果もある。ということで、多くの子供をもうける前の早い段階でトラブルメーカーが処分されたとするならば、徐々に進化はセオリー通りに進み、人を凶暴にさせ、短気にする傾向のある遺伝子は、そう多くは再生産されないということなのだ。

トラブルメーカーを排除しようという、とても冷淡で計画的な凶暴性は、僕らの種から、血の気の多さ、怒り、反動的な攻撃性という傾向を徐々に減らしていき、それが自己家畜化に結びついたのだ。そして他の種と同様に、家畜化の結果として人間の体は細身になり、顔は平らになり、脳は縮小し、行動がより幼稚になったことから、僕ら人間は成長しても好奇心を持ち、新しいことを学び、混み合った地下鉄でも他人の行動に対して寛容になれるのだ。

今日の僕らの小さな脳は自己家畜化によってもたらされた可能性もあるし、種として僕らが単に昔よりも愚かになった証拠だとも考えられる。もし後者であれば、僕らの脳が萎縮し、愚かになっている原因を解き明かす一つの理論は、僕らの生活が聡明さに依存していないからというシンプルな話である。知性を必要とする環境的圧力が小さくなったのだ。僕らの社会が成長するに従い、生き残るためにかつては必要だった能力や子供を育てるのに必要な知能のない人間でも、なんとかして生きながらえることができるようになったということだ。これは国民健康保険の話じゃなくて、人々が生き残る術《すべ》が、その知能に依存しなくなってきたということなんだ。

でもこの理論が本当に正しいと言えるのだろうか？　時間の尺度を考慮すると、僕らが愚かになっているだとか、家畜化されていると確証を得る方法はない（悪の天才マッドサイエンティストが有史以前の人間を古代のＤＮＡから作ったりしなければ）。でも、僕らが愚かになっているとする証拠が一つある。反応時間は知性と相関しているのだ。一八八〇年代にロンドン大学ユニバーシティカレッジで働いていた、優生学提唱者のフランシス・ゴルトンが、三千人のビクトリア時代の人々の反応時間を計測した。この測定結果を現代の結果と比べると、現代人の平均反応時間は、男性の場合は二五〇ミリ秒、女性の場合は二七七ミリ秒、遅くなっているのだ。比較を行った科学者は、ビクトリア時代からの差は、ＩＱでいうと一三・三五ポイントの低下に相当すると計算している。

しかし現代の僕らが賢くなっていることを示すＩＱテストもある。どんなＩＱテストでも、それが使われるようになる前に、標準化されている。将来のＩＱテストは、テストが対象とする母集団の代表サンプルによって行われ、その後、その母集団の平均スコアが百として調整される。オタゴ大学の心理学者ジェームス・フリン氏は、現代人が数年前の母集団によって標準化されたIQテストを受けると、平均スコアが百を超えることに気づいた。これは、今日の「標準的な人」が、例えば一九九六年のテストを受けると、古いテストの標準スコアよりも若干高いスコアをはじき出すということなのだ。この効果は母集団の間で一貫していて、十年ごとに平均で三ポイントのIQの向上を達成している。

このIQの全般的向上には様々な原因が推測されていて、例えば幼少期の栄養改善などが指摘されているけれど、フリン氏自身は人々がテストに慣れてきているためではと主張している。彼の著書『知性とは何か？　フリン効果を超えて』（*What is Intelligence?*　未邦訳）のなかで彼は、二十世紀の初めにシベリアの僻地《へきち》を訪れ、そこにいる人々を調査した、ソ連の心理学者アレクサンドル・ルリヤについて言及している。彼はIQテストの中で様々な質問をした。例えば、「いつも雪が降っている場所にいる熊《くま》はすべて白いです。ノバヤゼムリヤにはいつも雪が降っていますが、それではそこにいる熊は何色でしょうか？」はぁ？　白に決まってるじゃん。でも、正解は、ルリヤが質問していた、文字を持たない狩人《かりゅうど》にとっては明らかでなかったようだ。例えば「私は黒い熊しか見たことがない。見たことがないものについての話はしない」という答え。たとえ正解に導こうとしても、彼が調査をしていた相手は（部族の長《おさ》である場合が多かったので、マヌケってはずはない）、かたくなに「そういった物事は、口先だけではなく確かな証言でのみ解決できる。賢き人がノバヤゼムリヤからやってきて、熊は白いと証言したら、我々も信じるだろう」なんて答えたのだ。

ルリヤがシベリアを旅行中にユカギール族を調査したかどうかはわからないけれど、彼の調査結果は、調査対象者にとって何が重要かということによってＩＱテストの結果は変わってしまうということを明らかにした。

読み書きを習うこと（そして教育を受けること）は、僕らの思考の範囲を広げるだけではなく、僕らの物の考え方を自分たちでは気がつかないような様々な方法で、根本的に変えてしまうのだ。

愚鈍なのか従順なのか、あるいは愚鈍な上に従順なのか？　人間の知性についてならば、それが向上しているのか低下しているのか議論する価値はある。しかし、家畜と野生動物との知性に関しては、ある種の問題を解決することにおいて、より大きな脳を持つ狼の方が、小さい脳を持ち、家畜化されたいとこである犬よりも優れているというだけである。狼は迷路から抜け道を見つけたり、箱から食べ物を出すことは得意だが、一方で、社会的なヒントを得ることが必要な問題などは犬の方が得意である。もしかしたら、何か似たようなことが人間とヤギに起きたのかもしれない。人間の脳は萎縮したかもしれないけれど、人間の知性は、減少したというよりは、単に変化しただけなのだ。

＊　＊　＊

チンパンジーが道具を使ってシロアリをつり上げているところ。1906年に発行されたリベリアの切手。

僕ら人間が本当に家畜化されたかどうかはおいておいて、ヤギの行動と人間の行動は、必然的に同じ本質を共有している。解釈を広げて、僕ら人間を一般的な動物であると考えると、人間とヤギを区別するものは何か突き止めることは、とても難しいことだ。人間がその〝何か〟を、人間と動物を区別するものだと宣言してきた、長く、そして未知の歴史がある。その〝何か〟とは道具の使用であり、農業であり、大規模な協業、笑い、悲しみなどだ。しかし以下の例は、人間以外の動物たちもその何かを行っていることを明らかにした。アリはアブラムシを飼育するし、ミツバチは仲間たちで協力し合い、くすぐられればネズミは笑い、象は悲しむ。道具の使用で言えば、一九六〇年代に若き日のジェーン・グドールが、野生のチンパンジーが枝から葉をむしり、その枝を使ってシロアリを食べることを発見した最初の自然科学者となった。興味深いことに、一九〇六年に作られたリベリアの五セント切手には、小枝を使ってシロアリをつり上げるイラストが描かれている。これは、科学者たちが発見していないからといって、この世界に存在していないわけではないことを僕らに思い起こさせてくれる。世界のすべてを僕らは知り得ないし、常に新しい発見がなされ、僕らがよく知っていると思い込んでいる常識を覆《くつがえ》す。一九六〇年代にはチンパンジーが自然の中のありとあらゆるものを道具として使っていることが記録されているし、若い世代にその知識を伝えていることや、文化を継承することもわかっている。でもグドールの観察が行われるまで、人類学者達は、道具を作ることは、人類の特徴を定義するものだと考えていた。彼女の論文を読むと、彼女の指導教官だったルイス・リーキーはこう評価している。「『道具』を再定義しなければならない。『人間』を再定義しなくてはならない。そうでなければ、チンパンジーを人間として受け入れなければならない」

人間をきちんと定義しなおそうという団体「非人間権利プロジェクト」(Nonhuman Rights Project, NhRP）の努力にもかかわらず、現存する種の中でも人間に最も近いチンパンジーでも、未《いま》だに法的に人間として認められてはいないようだ。だがこの状況は変わる可能性がある。「非人間権利プロジェクト」の弁護士二人が最近になって、ニューヨークのストーニーブルック大学で飼育されている、ヘラクレスとレオという二匹のチンパンジーの代理人として、人身保護令状《ヘイビアス・コーパス》と、理由提示命令が許可された。ヘイビアス・コーパスとは、「法廷に身体《からだ》を持っていなければならない」という意味の八百年前の法律文書で、誰かを捕らえている者は、その囚人を裁判所に連れて来て、自由を奪う法的根拠があると証明しなければならないということだ。裁判所が拘束理由の提示命令を出したという事実は、大学がチンパンジーを捕らえておく権限を証明しなければならないことを意味している。この訴訟はニューヨーク州の判事バーバラ・ジャフィーによって審理され、提出された法的根拠は科学的証明に基づくのみならず、奴隷《どれい》制時代の試訴からの引用や、意思に反して拘束されていた精神病患者の試訴からの引用も含まれていた。判決でジャフィー判事はストーニーブルック大学の代理人弁護士の行った弁論の多くを退けたが、彼女自身は、チンパンジーが社会的義務と責任を負うことができないという理由でチンパンジーを法的に人間とは認めないとした前例に「今のところは」従うとした。「非人間権利プロジェクト」はその弁論のなかで、「義務を負うことも責任を負うこともできていない人間が多くいる」と指摘した。彼らは同時に、ジャフィー判事が、別の判事の話した「時は我々を真実から遠ざける。その後の世代は、ある法律がかつては必要であり正しいと思われたが、実際のところ抑圧するためだけにあったのだとわかるだろう」という談話を引用したことも指摘した（アメリカで同性婚を合法化する判決を下した連邦最高裁判事アンソニー・ケネディの言葉）。まさにその言葉を根拠として、「非人間権利プロジェクト」は訴えを起こしたのだ。

僕ら人間と最も近い生存種である類人猿だけが道具を使うとされているわけでもない。賢いディンゴは脚立《きゃたつ》を使うし、タコでさえ陸上の生きものと同じく賢いのだ。タコが海藻の切れ端をカモフラージュに使う様子や、二つのココナツの殻で鎧《よろい》のように頑丈なボールをつくって中に潜り込み、海底で身を隠す様子が観察されている。マックエリゴット博士は、鵜《う》のことを「羽を持った類人猿」と呼んだ。鵜は研究者によって手の届かないところに置かれたおやつを、短いワイヤーを曲げて針を作り、巧みに取るのだそうだ。彼はヤギが道具を作ったり使ったりするとは言わなかったけれど、彼が行った、ヤギにロープを引かせ、レバーを押して箱から食べ物を出すという実験について教えてくれた。実験対象の殆どの個体がそのやり方を理解し、そしてそのやり方を十ヶ月後も記憶していたことを彼は発見したのだった。

そして、言語、である。もちろん、人間以外の動物も警告を発したり、怒りを表したりするために声を発するけれど、それを言語と呼ぶためには、より複雑な情報が含まれている必要がある。サバンナ・モンキーに関して言えば、彼らは、異なる捕食者に対して、異なる警戒音を発する。もしサバンナ・モンキーのうち一匹が「ヘビだ!」という意味の警戒音を発したとすると、彼らは木の上に登って逃げ、別の一匹が「ワシ!」と発すれば、地面に伏せて身を隠す。ミツバチは、エサのある方向、距離、品質を、尻振《しりふ》りダンスの角度、長さ、強さで伝達し合うことが知られている(ミツバチの言語を解読した、カール・フォン・フリッシュは、一九七三年にノーベル賞を受賞した)。そして最近になって、プレイリー・ドッグ(犬ではなくて、アメリカの草原に巣を作って暮らす齧歯《げっし》動物)は、言語を最も高度に、自然に使う生きものだということがわかっている。捕食者の種類を異なる呼び声で区別するだけでなく、この呼びかけを、捕食動物の大きさ、速度、色といった状況を伝えるために変化させるという。これを発見した研究者のコン・スロボチコフ教授は、滑車を使った装置で、大きな、色付きパネルを、プレイリー・ドッグの住処《すみか》で繰り返し浮き沈みさせてみたところ、プレイリー・ドッグは自分の住処の上空に浮かぶ物体の特性に合わせて、別々の呼び声を出すのだそうだ。彼らは確かに、「あの大きくて、青い三角がまた出たぞ」という意味の声を発していたのだ。**スゲエ**。

次は類人猿だ。人間のように、声と呼吸のコントロールができないため、話し声を発することができず、そのため彼らは会話はできないが、飼育されている個体に手話を教えるという試みがなされたことがある。例えば、ココとマイケルというゴリラ、カンジとニムというチンパンジー。ココは千種類の手話を覚えたという。「食べ物」、「飲み物」、「ナッツ」といった基本的なものから、「偽物《にせもの》」、「礼儀正しい」、そして「不快」といった、とても複雑な考えまで表現する。ココとマイケルが手話で伝える要求には驚くべき内容が含まれていた。彼の母親について聞かれたマイケルは「肉、潰《つぶ》す、ゴリラ、口、歯、大きい鳴き声、悪い考え、怖い顔、切る、首、口、女の子、大きな穴」と伝えた。彼の母ゴリラが密猟者によって殺されたことを話しているらしいのだが、少し冷静な生物学者達は、こうした複雑な内容のコミュニケーションは単に人間の調教師による影響を受けたものではと議論している。ウェブ上で公開されている動画ライブチャットでの、ココと彼女の調教師であるパターソン博士の会話が典型的だ。

質問：あなたの子猫の名前は？　教えて？

ココ：足。

パターソン博士：子猫の名前は足じゃないわよ！

質問：あなたの猫の名前を教えて？

ココ：ノー。

質問：他の人達《ピープル》とチャットしたい？

ココ：すてきな乳首《ニップル》。

パターソン博士：ピープルとニップルで韻を踏んだんですね。ココは、ピープルの手話を知りませんから、音を似せようとしたんですね……。

僕達の動物界の同胞も才能豊かだが、お互いに会話をすること、アイデアを組み合わせて新しいものを創《つく》り出すこと、過去、現在、未来の物語を想像することなどといった僕ら人間が成し遂げたことは、他の動物の才能に比べると卓越したものである。欧州宇宙機関が世界に向けて、太陽系を十年にわたって旅し続けているロゼッタ探査機（古代エジプトの象形文字の解読に使われた石にちなんで名付けられた）に搭載されたフィラエという無人着陸機が、彗星《すいせい》への着陸を試みたことをブログで発表している最中に僕はこれを書いている。フィラエはチュリュモフ・ゲラシメンコ彗星に着陸し、生命が三十八億年前に誕生した地球にアミノ酸分子を播種《はしゅ》した形跡がないかを知るため、調査を行うという。人間は本当に複雑なアイデアを持ち、それを伝えることができる。**人間ってすごいね！**（※５）ということで、僕の思考とヤギの思考の違いはなんだ？　なぜヤギは戦争で戦うことや宇宙に行くなんてことを考えることができないんだろ？　僕ら人間を他の動物達と隔てる〝何か〟ってなんなの？　トーマス・ズデンドルフがその素晴らしい著書『現実を生きるサル　空想を語るヒト』（二〇一四年、白揚社）のなかで、それは「入れ子構造を持つシナリオを心のなかで生み出す無限の能力」と「シナリオを構築する他者の心とつながりたいという抜きがたい欲求」だと書いている（うん、〝何か〟は二つってわけだね）。言い換えれば、**複雑な物事を想像する能力**と、**それをぺちゃくちゃと話したくなる傾向**ということだ。

僕なりに説明してみる。僕の敵が敵自身の、もしくは僕のワイングラスに毒を盛ったとする。そしてどちらのワイングラスから飲むか僕が選ばなくてはならないとなったときの知力の戦いを想像してみてほしい。僕の敵の行動に沿って推論することができるだろう。「賢い人間であれば自分のグラスに毒を盛るだろう。なぜなら、与えられたものに手を伸ばすのは、大馬鹿者《おおばかもの》だけだと知っているからだ。僕は大馬鹿者ではないから、君の前にあるワインには手を伸ばさない。でも、君は僕が大馬鹿者ではないことを知っていたはずだから、それをちゃんと考えていたわけで、ということで僕は自分の前にあるワインも選ぶことはできない……」

ね？　これが明らかにしているのは（映画『プリンセス・ブライド・ストーリー』

のワンシーン）、僕ら人間がいかにしてシナリオを作り上げることに長《た》け、ある行動によってシナリオにどんな変化がもたらされるのかを想像し、他者が自分の考えるであろうことをどう考え、そしてそれを熟考し、判断し、そして、もしそれが起きたらどのように行いを変えるのかと想像し、それを無限に続けるということさ（このシーンは延々と推論が続き、結局致死的な毒を服用して終わる）。ズデンドルフ教授は「シナリオをシミュレートする基本的な能力は他の動物にも存在しているように思える。しかし、心の中でのシナリオ構築という人間の能力の発達は、二歳以降に類人猿の比ではないレベルで爆発的に始まる」と指摘している。

シナリオを生み出すということの能力の重要な部分は、人間に備わった「精神的時間旅行」という能力である。それは、過去を掘り下げて何が起きたかを思い出すことができ、また将来に思いを馳《は》せて、何が起きるか想像することもできる能力を意味している。その意味で言えば、すべての動物も過去から学ぶことができると言える。僕の猫ジャネットは、朝にピピピという音が聞こえ、飼い主のデカい顔に向かってニャーニャー鳴き続けると、エサをもらえる可能性が高いということを学習した。しかし、猫は昨日の朝の出来事をはっきりと思い出すことはできないし、先週のことだって、いつのことだって思い出し、今日はどのように行動しようかなんて考えることはできないと動物行動学者は言う。僕の猫は、明日はもっとニャーニャー鳴いてやろうと考えることもできないし、そうすることで、あの大きな物体がもっと早くエサをくれるかもしれないと推論することもできないという。猫もヤギも何か特定の出来事を思い返して、もっと別の可能性があったのではと考えることはしない。でも、チンパンジーに関してはまだわかってないんだけどね。

ジュリアン・カミンスキ教授（マックエリゴット博士の同僚の一人）とヤギのことについて話していた時、彼女はこう言ったんだ。「私達にもはっきりとはわかってないけれど、彼らはもしかしたら**時間から身動きが取れない状態**なのではないかと思うんです。将来のことも、過去のことも、あまり考えることができない状態です。なぜかというと、彼らには〝エピソード記憶〟がないから。だからたぶん、ヤギはその場その場で判断しているんじゃないかと思うんです」

これで、僕は問題の核心に迫ることができた。

心の中で時間旅行ができるという能力が、僕達人間を計画性のある策略家にしてくれるものの、同時に悩ませ、そして後悔させるのだ。ヤギは今現在についてならば不安になったりストレスを感じたりするものの、僕らのように「これから一体何が起きるのだろう……」なんてことや、何が起きたのだろうというような感情を持つことはないのだ。もちろん僕だってその瞬間、瞬間で物事を考えたり、過去を思い出したり、将来を想像したりする。それに「もし僕があぁしていれば……」なんて別の可能性を想像することすらある。だから、仕事や銀行口座の中身や、誰かにいいことをした、悪いことをしたなんていう、人間が抱く心配からお休みを頂きたいと思ったら、僕は過酷な心の時間旅行から逃げ出せばいいというワケ。もし将来のシナリオを想像することができないのなら、それについて不安になることもないし、過去に起きた出来事を思い出すことができなかったら、後悔だってしないじゃん！　だから、僕はシンプルに、自分の時間の感覚を切ってしまえばいいのである。

最高！　だけど、**めっちゃ怖い**。病気や事故が原因で、脳の側頭葉内側部に病変が起きる患者がいる。たとえば四十六歳の音楽家、クライブ・ウェアリング。殆どの人が体内にヘルペスウィルスを保持しているが、それが活発になると神経を通じて顔に辿りつき、唇に強い痛みをもたらす。しかし、まれに逆方向に行くことがある。神経を通じて脳に辿りつき、脳炎を引き起こし、頭蓋骨《ずがいこつ》のなかで脳を腫《は》れ上がらせる。これが、一九八五年に彼の身に起きたことだ。風邪を引いたと思った彼は（医師もそう思ったらしい）、ベッドで安静にすることにした。医師が何が起きているのか気づいた時には、側頭葉内側部はすでに感染して損傷し、海馬が破壊されていた。結果として引き起こされた炎症によって、彼は今現在の、その瞬間に永遠に閉じ込められることになり、新しい記憶を形成することができなくなってしまったのだ。病に倒れる以前の人生については思い出すことができるけれど、彼の短期記憶はたった三十秒しかもたなくなったのだ。だから、妻に質問することはできても、その答えを記憶することはできない。会話は延々と同じところを回ることになる。妻が彼に具合を聞くと、彼は今はじめて意識が回復したと答えるそうだ。彼は何年にもわたって書き綴《つづ》った日記を持っている。ページいっぱいに彼が書いた文章が並び、それに線が引かれ、そして、「起きた。たった今、完全に目が覚めた」と、何度も何度も同じことが書かれている。彼は音符を読むこともできるし、ピアノの前に座らせれば演奏だってできる。一瞬一瞬が繋がり、流れていき、そして作品の最後まで演奏することができるのだ。だが彼は、部屋の中にピアノがあるのをはじめて見たと言うのだ（※6）。

もちろん、アルツハイマーという苦しみもある。これは記憶に与える影響により発見されることが多い。それはすべての後悔や心配事を忘れてしまうのと同時に、時間の前後を認知する能力を失ってしまうことで、つまりほとんどすべてを失うということだ。

＊　＊　＊

完全に、瞬間、瞬間を生きるとはどういうことだろう？　言語を失うということは？　脳に悲劇的な損傷を受けたウェアリングのような患者は、人間の様々な側面に脳のどの部分が影響しているのかを調べる一つの方法として、心理学者の研究対象になっている。また、経頭蓋《とうがい》磁気刺激（略してＴＭＳ）というプロセスを使って、一時的に「脳仮想病変」を引き起こし、そこで何が起きているのかを理解するための研究もおこなわれている。この、経頭蓋磁気刺激について読んだ時、僕はちょっと考えた。もし僕自身が**脳仮想病変的状態を、ヤギと僕の脳の相違部分、つまりシナリオを想像する部分と言語を使う部分に引き起こしたら、**もしかしてその時は本物のヤギ体験ができてしまうのではないか？　これって**すごくワクワクする**んだけど。

僕は、ロンドン大学ユニバーシティカレッジの言語神経科学グループ主任研究員で、ＴＭＳについて研究しているジョー・デブリン博士にメールしてみた。彼の返信は「正直なところ、ＴＭＳを使用してヤギの気分を味わうなんて考えてみたこともありませんでした」というものだった。そして、僕の期待に添うことができるように、僕の体でＴＭＳを試すことに前向きで、それを体験できるよう取り計らってくれるらしい。

僕はガールフレンドと一緒にロンドン大学ユニバーシティカレッジを訪れ、そして廊下でデブリン博士と対面した。彼は、TMSを使用してヤギ世界を体験するというアイデアについて僕と話し合うため、昼休みの時間を提供してくれたのだ。ガールフレンドが僕についてきたのは、万が一**僕が家に帰ることができなくなった**ときのことを考えてのことだった。彼は僕らを、窓がなく、研究に関する古くさい広告が壁に貼《は》られた研究室に招き入れてくれた。僕はその部屋がSF映画の『トータル・リコール』に出てくる、脳のハッキング施設風でないことにちょっとがっかりした。点滅する色のついたライトなんかもない。ということで、とてもやさしいデブリン博士は、三次元赤外線カメラを引っ張り出して、小さな三脚を頭に縛り付けて、自分の脳のMRI画像をモニタに映し、なんとなくそれっぽいシーンを作ってくれた。その三脚に取りつけた三次元赤外線カメラが頭の位置と方向を割り出し、そこから脳の位置と方向を読み取るのだ。彼は僕に特別なポインティングツールを貸してくれ、僕がそれを彼の頭蓋骨の上で動かすと、モニタ上の彼の脳の見え方がそれに合わせて変わる。僕がポインターを頭頂部から顔の辺りに動かしたとき、うっかり彼の耳に入れてしまったのだけれど、それにあわせて水平方向と垂直方向に彼の頭蓋骨と脳と目のあたりをスライスした画像を見ることができた。すごく楽しくて、実際に何が映し出されているのかを考えると、最高にＳＦだ。

それとも優秀な医者だったらこう言うだろうか。「非常にサイエンシー」

神経科学者はＴＭＳの機械の電磁石を頭に配置するためにこのシステムを使い、正しい位置で大脳皮質がビシッとされる（僕の表現）、あるいは刺激を受ける（デブリン博士の表現）ようにする。どんなバカでも知っていることだけれど、何百という微弱な電気インパルスが、常に脳の周辺や体中の神経を通って伝達されている。それは、すべての人の思考と行動のトリガーとなり、そして何らかの方法で、その思考と行動が生み出す感情を引き起こす。

そして、どんなバカでも同じく知っていることだけれど、**磁場と電流は相互作用する**。だから、頭に向けて充分なサイズの磁場を作れば、ニューロンの範囲に電気インパルスを誘導し、そうすることで脳のその領域での活動を妨害することができるのだ。めちゃくちゃにデカイ磁石を使って、ＴＭＳをおこなう脳の領域を刺激したり、抑制したりするのがこの方法なのだ。ＴＭＳの機械を電磁コイルに接続する長くて青いケーブルは相当太い。なぜなら、頭蓋骨を貫通させるほど強い磁場を発生させるには、八千アンペアほど必要だからだ。部屋の電気がチカチカしちゃいますねとジョークを言ったら、設備が新しくなる前までは確かにチカチカしていたとデブリン教授は答えた。そのパワーは、頭蓋骨を貫いて、脳内に四センチほどの深さの磁場を効果的に生成する。教授はその磁場が脳内に深く入り込みすぎないことが大事だと教えてくれた。なぜなら脳内深くにある構造は、心臓を動かしたり、呼吸をし続けたり、血中酸素レベルを保ったりするなど、肉体にとって極めて重要な働きをしているからだ。いわゆる、バイタルサインを維持してるってことさ。

「本当に**メチャクチャにしたくはない**ですよね？」と彼は聞いた。

僕は完全に同意した。

「でも、脳の外側のレイヤーにノイズを加えることもできるんですよ。例えば大脳新皮質とかね。というのも、その部分っていうのは考えたり計画したり言語なんかを司《つかさど》る場所で……生命維持にとってはあんまり大事な場所じゃないですから」

彼はTMSを使って、脳の特定のどの部分が実際に何を行うのか、そしてどの部分に接続されているのかを解明しようとしている。例えば、被験者に何らかの作業をさせ、今度はその作業に関係していると思われる脳の領域をビリビリさせながら（刺激しながら）、同じ作業をさせることにより、その領域が実際にその作業に関与しているかどうか、被験者の能力への影響を見ることで明らかになる。デブリン博士は特に

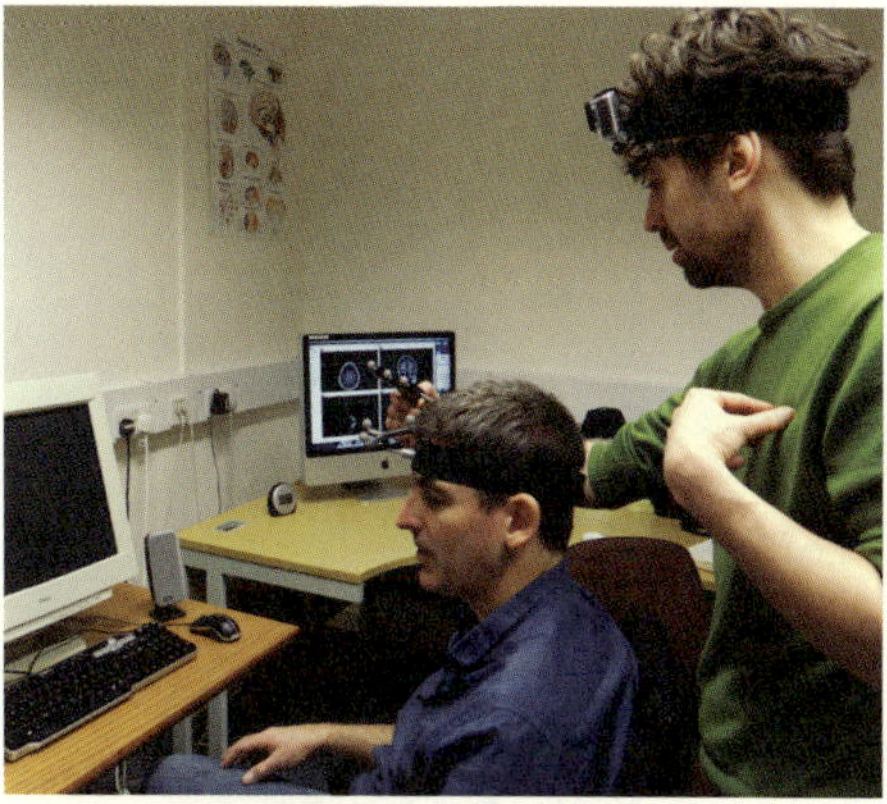
デブリン博士の前頭前皮質の位置を確認しているところ

言語に興味を抱いていて、彼が被験者に与える作業は話したり、読んだりすることで、そのどちらもヤギの世界に近づこうと思う僕にはなくさなければならないものだった。でも、単純に言語を司る部分、何かを計画する部分、エピソード記憶を司る部分をスイッチオフするというアイデアは、全く見当違いだった。まず、今日の技術では、脳の特定の範囲を完全にシャットダウンするということは、基本的にはその部分を損壊させることとなのだという。それは実際に、ロボトミー手術のような脳障害を作り出すことなのだ。TMSでできる実質上の障害は、ずっと軽度のものだ。特定のスポットの活動を、部分的に抑制するもので、僕の脳の機能や全ての範囲に影響を与えるということはない。効果は希薄なものであるけれど、一時的だから、ロボトミーよりも向いている。

僕はヤギは時間に閉じ込められている存在で、たぶん、意識的に人生の特定の出来事を思い出す能力はないし、未来に投影することもできないし、人間のようにひっきりなしに過去と未来を行ったり来たりすることはないのではないかという推測を教授に話した。なぜあの時こう言わなかったんだろう？　とか、ディナーには何を作ろう？　とか、そんな考えのことだ。

「僕が興味を持った理由は、僕自身、人間は後悔したり、希望を抱いたりする生きものだと考えているからです」

教授は答えた。「それは言語に関係しているのかもしれないですね。我々には実際に、**過去のことを話すための言語構造**があります。そして過去のことをアイテムのように扱うんですね、いわば、あとになって取り扱うことができる心的なアイテムです。これが記憶の補強をしているんでしょう。人は自分自身を語る時の〝物語〟なのだという考え方があります。誰かといて、彼らの話が同じことを繰り返すようになるとか、家族の集まりに行くと、家族のだれもが同じ集まりについて、少しずつ違った話をしたりします。注目すべきなのは、あなたが家族に話すようにあなたは物語を記憶しているけれど、それは実際に起きた様子とは違うということです。こうやって記憶は少しずつずれていくんです。家族のみんながみんな、そこにいたにせよ、いなかったにせよ、その家族の集まりは、みんなに記憶されるというわけ」

僕のガールフレンドが割って入った。「私もそれで責められることが多いんです。生まれる前のことまで記憶してるって言われちゃう」彼女は僕が脳をビリビリされるのを見に来ていた。

「そうですね。そしてその話も我々の記憶になります。だから、もし私がヤギだったとしたら、自分の話はしないんじゃないかと想像できますね。何か出来事は起きても、回想はきっとあいまいなんじゃないでしょうか」

もし教授が僕の**言語の感覚を切る**ことができたら……話す能力だけではなく、僕の精神的な言語をも切ってしまうんだ。僕がかつて心の中で思い浮かべ、操作していた記憶と想像に関する言葉と情景を曖昧にしてしまえば、本当にヤギになることに一歩近づけるのではないだろうか。

「ジョー、僕の言語中枢《ちゅうすう》を切って、話すことができないようにしてくれませんか？」

「**無理**」

なんでえええええ！　なんでこんなにうまくいかねえんだよ、チクショウ!?（↑僕の内なる精神的言語の叫び）

彼は続けた。「脳内には、言語中枢というものはないんですよ。脳の三分の二が——もしかしたらもっと広いかもしれません——言語を操る能力に使われています。

ブローカ野という部分があって、それは他の部分もそうですが、人間が話をする能力にとって重要だと考えられています。だから、そこを刺激して、話すことを止《や》めさせることはできますけどね」

あ、それだったらヤギ的心理状態に近づけるかもしれないよね。

「じゃあ、僕のブローカ野を刺激してみることってできますか？　それって可能ですか？」

「うーーーーーん、た、ぶ、ん、できますね。リスクが高くなりすぎないように、安全策をいろいろ考えなくちゃならないですけどね。でも言語停止ってすっごく難しいんですよ。ちょっとだけその感覚を与えることはできるかもしれませんけど、でも、実際に充分長い時間それが実現できるかというと、難しいでしょうね」

そもそも僕の脳をＭＲＩでスキャンすることなしに、ブローカ野のあたりに狙《ねら》いを定められる可能性に、デブリン博士は肯定的ではなかった。しかもＭＲＩはとても高額で、無理な話だ。

「でももしできたとしたら、二つのことが起きると考えられます。まずは**運動野へ影響を及ぼします**。発作を起こす感じでしょうか。ぎょっとしますよね」

彼はその場にいる僕らを安心させようと急いでつづけた。「でも、完全な発作というワケじゃないんです。話そうとしているのに、正しく言葉が出てこない、何かが邪魔しているという感じです。もう一つの可能性は、**喉まで言葉が出かかった状態**です。ほら、よくあるでしょ、Pではじまる言葉だってことはわかっているんだけど、なぜだか出てこない、あの感じです」

えーっと、**僕はいつもそんなことばかりだけどねえ。**彼は僕に問診票を手渡した。それにはこの実験を行うにあたって、僕が持っていてはいけない症状と家族が持っていてはいけない症状のリストと、僕が二十四時間以内にやってはいけなかったこと、例えばアルコールを三杯か四杯飲むとか、そんなことのリストが書いてあった。

僕がどの項目にチェックを入れようか迷っている時、博士が手順を説明しはじめた。「可能性はゼロではありませんけど、TMSが発作を誘発するリスクはとても小さいです。それはよくある程度のリスクです。医学的に言うと、発作を起こすことはたいしたことではないのですが、普通の人にとって、特に、発作を経験したことがない人にとって、とても怖ろしいことになるかもしれない」

ガールフレンドは、すごくちゃんと聞いていた。自分の彼氏が馬鹿げたヤギの妄想のために何をするつもりなのか心配なのだろう。「一時的に発作のリスクを高める要因となる事柄がいくつかあります。例えば前の日にアルコールを飲み過ぎているだとか、数時間前に大量のカフェインを飲んだとか、そういうことですね」

僕が昨晩飲んだのは、ビール一杯だったか、それとも三杯だったたっけ？　それから、コーヒーはさっき飲みました。ま、いいじゃん、最悪、何が起きるんだったたっけ？

発作でーす！　すべてさっきのリストにはノーにチェックを入れて、教授に問診票を返した。すると教授は別の紙を僕に手渡した。実験を受ける同意書だった。

ＴＭＳの機械は足踏み操作で動き、ペダルに足を乗せると、大きなクリック音が磁気コイルから鳴り、それはまるで高電圧の火花が隙間《すきま》から飛んでいるような音だった。

「磁場が神経組織だとか筋肉に影響を与えるんですよ。だから、これを僕の腕にやってみると……」彼は磁気コイルを自分の腕に当てて、ペダルを踏んでクリックした。

一瞬、腕がぎゅっとなった。「やってみる？」

僕が腕を伸ばすと教授は磁場を当て、僕の指をコントロールしている筋肉がそれに合わせてぎゅっと縮んだ。僕は何度か感電したことがあるんだけれど、それに少し似ていた。嫌な感じではあるんだけど、それほどの衝撃でもない。教授は僕の側頭部にコイルを当てた。

「いいかい？」

「もっちろん」

クリック。

頬がちょっと引きつった。不安な時のチックのようで、おかしなことに、なぜか歯に不快感を覚えた。

「そうでしょうね、第五脳神経もそこを通ってるから。金属の味を感じることもあるんですよ。一回に一パルスしかやっていないですからね。言語停止では普通、一秒に十パルスという刺激を、数秒続けるんです。やってみる？」

教授はＴＭＳのダイアルを回して最大にした。部屋がガタガタ揺れ出した（ウソ）。教授はコイルがどのように動くか僕に見せてくれた。**カチカチカチ**……教授がペダルを踏んだ。

「腕にやってみます？」

「うん、お願いします」

教授は僕の腕に再びそれを当てた。**カチカチカチカチカチカチカチカチ**。手がピクピクする。まるで右手がピアノを弾いているように見え、ＴＭＳのクリックに合わせて指が上へ下へと動いていた。もし僕が一秒間に八つも音符が弾けたなら、その時僕は世界最速ピアニストになっちゃうだろうね。

「ファンキーでしょ？　これをすると筋肉が疲れるけど、脳細胞には影響がないから

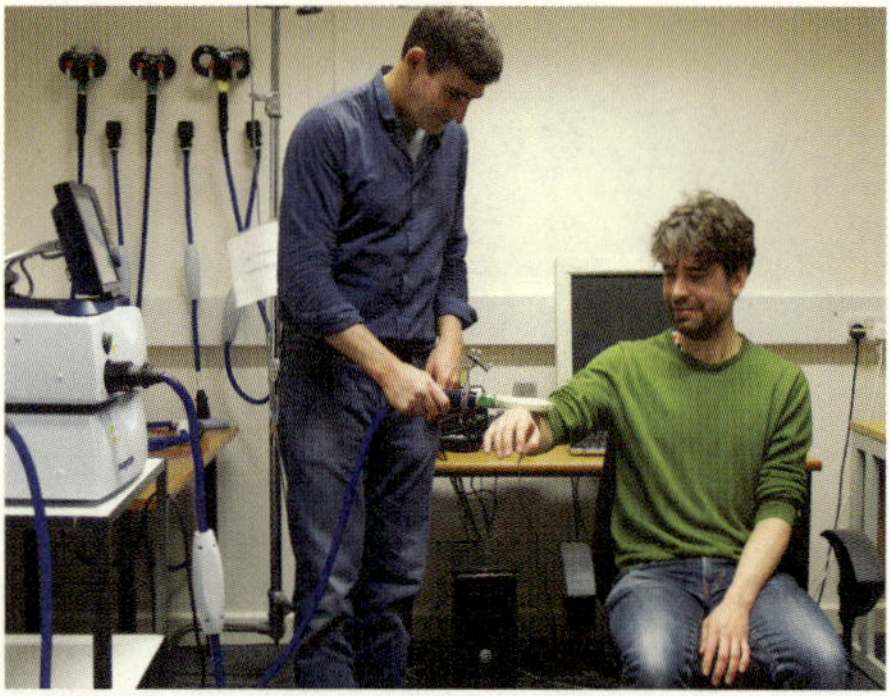

腕の神経を刺激しているところ

ね」

そして教授は僕の側頭部にコイルを当てた。

カチカチカチカチカチカチカチカチカチカチカチカチカチ。

カチカチに合わせて口がピクピクと痙攣《けいれん》し、目の筋肉がブルブルと震え、歯に奇妙な痛みが走った。

「どんな感じ？　辛《つら》いですか？」

「ええ、ちょっとだけ。また歯に来てます」

「了解。言語停止実験のポイントは、あなたがよく知っていることを話してもらうところにあるんですよ。ただ普通に話しているだけだと、言葉が途切れがちになりますから、効き目があったかどうか、わからないんです」

「それじゃあおとぎ話でもいいですか？」

「なんでもいいですよ」

デブリン博士が、僕の脳内で、会話する能力を司る百万のニューロンが存在すると思われる箇所に、ＴＭＳのコイルを当てた。僕はこの機会にふさわしいと思われるおとぎ話を披露することにしたんだ（もちろん『三びきのやぎのがらがらどん』さ）。

「だれだ、おれのはしをかたことさせるのは」**カチカチカチカチカチカチカチカチカチカチカチカチカチカチカチカチカチカチ**。

「と、トロルがどなりました」

「ＯＫ。止まりましたね。なぜ？」

「わかんない」

それは僕のクセである堅苦しい話し方が原因だったかもしれないけれど、僕の脳内の言語ネットワークが混乱させられていたってのもあり得る。肉体的には、顔の横の部分がピクピクと痙攣して、歯の金属の詰め物が舌に溶け出したように感じられたけれど、心理的には、一体何が起きたのかは理解できなかった。ともかく僕はよく知っているフレーズの途中で話すのを止めてし

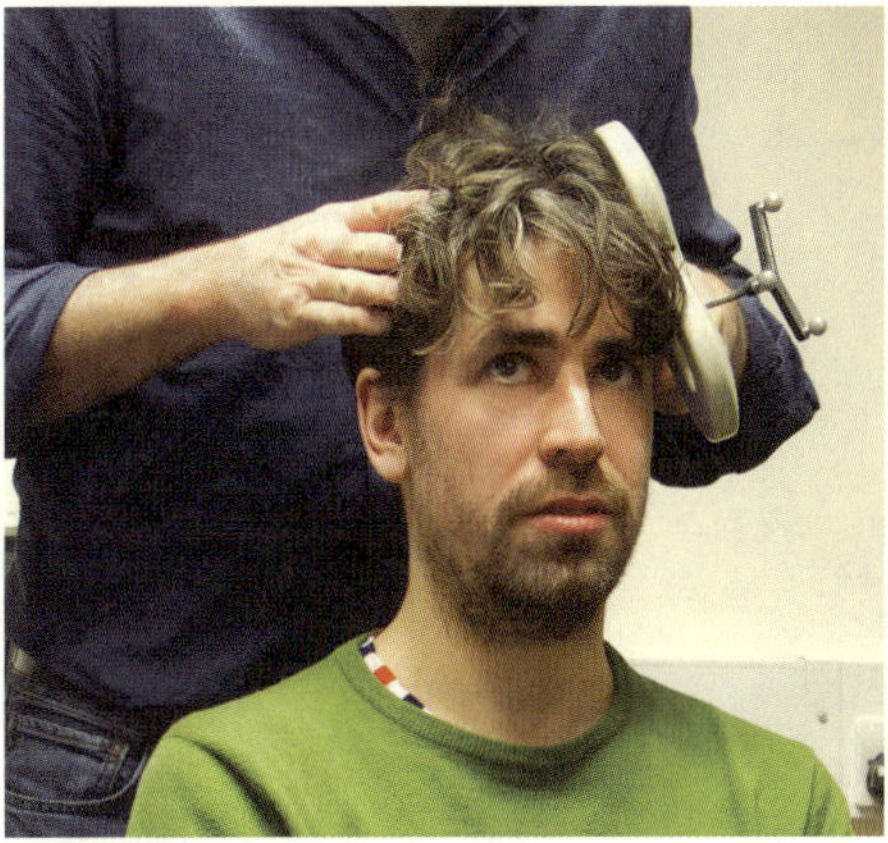

「だれだ、おれのはしをかたことさせるのは」

まったんだ。

「今度は数を数えましょうか。もう一度やってみていいですか?」

僕と博士は再び挑戦してみた。デブリン博士が正しい場所にコイルを当てられたかどうか確信はなかったけれど、後から動画を確認してみると、数字を数える僕は、わずかに口ごもっていた。もしかしたらそれは単に僕の不明瞭《ふめいりよう》な話し方のせいなのかもしれないし、ブローカ野に何か影響があったのかもしれない。教授は前に、MRIなしで言語停止を試みた時のことを話してくれた。四十五分テストし続けて、最後に被験者はカンカンに怒っちゃったらしいよ。わかる。TMSが数回カチカチしただけで、窓のない、蛍光灯に照らされた実験室は、逃げ出したい場所のように僕には感じられたからね。

博士が「こういう実験が流行らないよう心がけている」と言っていたので、それはやらないとは約束したけれど、それでも僕は直接博士にこのアイデアについて聞いてみた。**人間の脳を操作して、他の動物になる体験に近づくことができるのか**。それは……可能なんですか?

「むずかしい質問ですね。だって理論的にはある程度は可能だって思うでしょ? 同じ組織だし、同じ機能を果たしているわけだから。人間と他の動物の生態は、基本的になんの違いもないわけですから。組織も進化の過程も大きく違う爬虫類《はちゅうるい》に比べれば、ヤギのようなほ乳類なら、理論的には可能だと想像はできます。問題は、**ヤギになるという体験がどのようなものか知っていなければ、成功したかどうかもわからないってことじゃないかな**」

確かに教授の言うことは正しい。これについては哲学者のトマス・ネーゲルも彼の論文『コウモリであるとはどのようなことか』（一九八九年、勁草書房）で書いている。僕らはコウモリ（あるいはヤギ）になるとはどんなことか、知ってるつもりでいるけど、実際のところどうなの？　ネーゲルは、人間には絶対にそれを知ることができないし、理論的に不可能だと言っている。ネーゲルの**バーカ、バーカ！　僕はやってやるからな**。

デブリン博士は続けた。「でも、脳の一部を非活性化させることができたなら、大雑把に言えば他の動物になることは可能でしょう。例えば、人間の言語を切るなんてことです。今の時点でそれはできませんけど、例えば、できたと想像してみてください。もし言語のスイッチを切ることができて、再びスイッチを入れることができたとしたら、確認することが可能になります。だって被験者に『どうだった？』って聞くことができますから。そして、言語がなければ記憶するのが難しいタイプの様々なテストを試して、言語のスイッチを入れ直して、被験者が記憶し、理解できるかどうか確認するんです。でも、今、それはできません」

「要するに僕が五十年後にもう一度ここに来たら、ヤギの気分を体験させてくれる何かがここにあるってことですか？」

　これはいわゆる誘導尋問ってやつで、その専門職としてのキャリアにおいて一貫して、根拠の薄い推測を注意深く避けてきた人に質問するときには必要なのだ。

「たしかにそれは真実かもしれないですね。五十年あれば可能かな？　特定の遺伝子を細胞に導入して、外部から光源を当てることによって制御する、光遺伝学と呼ばれる新しい技術があるんです。明らかに、今現在課題になっているのは、この『外部』であるし、我々は人間の遺伝子組み替えは行っていません。でも、正しい周波数があれば、途中で頭蓋骨があるかどうかなんて心配する必要がないことも想像できます。これで一歩前進です。その次に、百億以上の束になった細胞から正しいものをどのようにして選ぶのか。それは僕にはわかりません」

　僕が求めていたものはこれだよ。解決法発見！　僕に必要なのは、脳細胞をスイッチオフすることができる遺伝子工学で、たぶんそれには僕の頭にマイクロ波のレーザーを当てればいいんじゃないだろうか。でも、倫理委員会的な人々はいい顔をしないだろうけどね。

「賢い人達がこの問題を解決しようと奮闘していますよ。まあ、**ヤギになろうという人ばかりではないでしょうけれど**。でも、解決法がどんなものになるのか、私には想像できないし、正しい方向にむかっているとは思うよ。君のプロジェクトは、五十年延期すればいいんじゃないかな」

＊　＊　＊

五十年。僕は**ジジイのヤギになってしまう**。今の段階で物理的に自分の知覚を変えられないのであれば（睾丸《こうがん》を切り落とさずに）、例えばユカギール族のシャーマンの狩人のように、外形と動きを変えてみることはできる。ペンやドアノブを握ったりといったヤギらしくない動きをする、扱いにくい、落ち着かない両手をなくさなくちゃならない。手をなくすってどういうこと……？　でもそれを蹄《ひづめ》に変えることで、ギャロップできて、人間の問題を忘れ去ることができるのさ……。

＊　＊　＊

※1　マックエリゴット博士のヤギの専門知識は、ヤギに対する大いなる情熱よりも、その実用的研究に裏付けられている。動物行動学者として、彼は新しいものが好きなヤギを研究することを選んだ。つまり、今までに無い状況に置かれると（様々な実験で博士が使う、特別に作られた器具などを見せられると）、ただ実験を無視したり、怖がって隅に隠れたりする傾向が、ヒツジなどに比べて少ないのがヤギなのだ。この好奇心が、認知的観点からヤギを興味深い存在にし、研究に適した動物としている。

※2　軽度の鬱病患者は実際のところ人生のチャンスに対してより現実的だと実験が示唆しているので、「負の認知バイアス」の対語として「ポジティブさが少ない」と言えるだろう。例えば、宝くじを買う価値があると感じる可能性は低いが、三人に一人が癌《がん》になると考える可能性は高いということだ。

※3　この「人を怒らせる」というフレーズ（「人のヤギを盗む」）は競馬に由来する（これを使ったとはいえ、謝罪するつもりはない）。イライラする競走馬を落ち着かせるために、ヤギが使われていた。馬主達はライバルの馬を意気消沈させるため、ヤギをレースの前の晩に盗もうと必死だったそうだ。

※4　そしてもちろん、動物の治療が、人間の七歳児と同じぐらい賢いかどうかによって左右されるとしたら、その時、精神年齢七歳以下の人間は、狭いケージに閉じ込めて飼育する、バタリー式養鶏場みたいな状況を受け入れなければならない。しかし人間は種差別主義者（人間を他の動物より優れた種だとする考えの持ち主）であると哲学者のピーター・シンガーは言っている。

※5　しかしながら昨日は、抽象的思考（例えば国家とか）を生みだし、そして互いを納得させ、行動に移す（そしてそのために死ぬ）という人間の能力の、あまり好ましくない例となった、第一次世界大戦の終戦から百周年の日だった。

※6 ウェアリングは今現在、養護施設で暮らしている。そして、症状につきあいながらも、心の平安を得たとされている。

第3章　体　Body

ロンドン（暑くなってきた）

小人閑居して不善をなす……ってことで。

手を使わず世界に対して働きかける場合、原始的な方法ならば頭と口を使うことになる。そしてそれはヤギの世界へのアプローチとまったく同じことである。マックエリゴット博士は、ヤギは実際のところとてもグルメな生きものだと教えてくれた。でも、だれでも知っているけど、ヤギは何でも食べるじゃないですか（だってそれがヤギの特徴でしょ）と僕が反論すると、博士はそんな噂《うわさ》には意味がないと再反論した。実際のところ、彼らは、口を使って世界を探検しているというのだ。もちろん、探検が終わって食べるものが見つかったら、それを食べるのは当然だ（だれでもそうするだろ?）。でも教授は、ドライパスタ（ヤギの大好きなおやつ）を汚い芝のうえにうっかり落としたら、教授がそれを水洗いするまでヤギは食べないのだと教えてくれた。このグルメっぷりはたぶん、寄生虫（サナダムシとか）を避けるための進化の過程で取得した行動ではないかと教授は言う。もし口が最も鋭敏な操縦ツールだとして、生まれたばかりの好奇心旺盛《おうせい》な動物であれば、口を大いに使うことになるだろう……バッグとか服とかカメラとか、そういうものをモグモグと噛《か》んで、原始的なインタフェースを通じて好奇心を満たすというわけだ。赤ちゃんがまったく目新しい物に出会ったら何をする？　口の中に入れて、歯茎で確認するよね。

夜更《よふ》かしして遊びに出かけたいヤギが、しっかり閉じたドアの差し錠を開けてしまうって話があったけど、ヤギが差し錠を開けることができたのは知力だけではなく、口と、とりわけ、物をつかみやすい形に分かれた上唇があるからだ（ヤギの上唇は真ん中で分かれていて、とてもコンパクトで、高度な連結式の操縦ツールとして役に立つ）。僕ら人間の複雑な文明は、僕らの脳と手の強固な融合の産物だ。僕がいま、とても器用な指先でカチャカチャと叩《たた》いているキーボードは所詮《しょせん》道具であり、道具を作る僕らの手こそ（そしてそれらの道具を使ってより多くの道具を作り、そしてその道具で別の道具を作る）、僕らが今の姿に至った出発点だ。脳だってそうさ。何でも具体化し、実際の世界との結びつきを作らなければ、人間の思考がどれだけ有能でも意味がないのである（ルネ・デカルトであっても）。手はどこで終わり、脳はどこからはじまるのか？　もちろん手は手首からはじまるのだけれど、でも体内ではそれはもっと曖昧《あいまい》だ。ジョー・デブリン教授が僕の指をピクピクさせた時、彼がビリっとやっ

生まれたばかりのヤギ、世界を探検中

たのは僕の腕の筋肉だった。これらの筋肉は、背骨から走る神経によって支配されていて、次に、脳から走る神経に接続され、そして脳から伸びるニューロンのネットワークに接続される。システムとして見れば外見とはうらはらに、僕の脳は僕の手先まで、ずっとつながっていることが理解できる。これが僕を物理的な世界に強く結びつけている。このネットワークをイメージすることで、脳とは僕の目の裏に存在し、そこから外を見るだけのものから、僕の体全体にあまねく存在するものへと変容する。脳だけを研究対象とすることは、「皮質のショービニズム」と呼ばれ、それは、知性とは何かを追い求める人類の努力のなかで、脳がどれだけ過度に重視されてきたかを明らかにしている。

脳についてあれこれ言ってきたけど、ヤギにならなければヤギの気持ちになるなんて不可能だ。僕は強い幻覚作用のある薬物には断固として反対している立場であるし、残念ながらデブリン博士の、ヤギの思考になりきる脳の機械が完成するのは五十年先ということなので、ドアについた差し錠を見て、手ではなく口が出るようになったり、ナットについたボルトを見て、無意識に手でねじらないようになるには、**最初から手を持たなければいいのである。僕は腕を脚に、手を蹄《ひづめ》に変える必要がある。**

はじめての変身チャレンジができることは僕にはとてもうれしいことだった……実際にそのプロトタイプI型（一四〇ページ）の中に入ろうとするまでは。それは基本的に人間サイズのハサミのようなもので、追加機能として、目の粗い弓のこで切った金属の棒が何本も突き出していた。それは人間が大切に使っている、目、指、真っさらな首、その他を危険にさらすものだった。この装置に入るなんてもってのほかだ。とにかく、中に入ることは恐怖そのものだった。数多くの結合部は、今にも壊れそうだった。そのため、体勢を保つことさえ大変な苦労で、装置が壊れて木片と金属とのぐしゃぐしゃの塊になり、指を切断しないよう、そもそもわずかしかない筋力を総動員することになった。ギャロップなんて無理、無理。

接合部が増えれば増えるほど、体勢を保ち、外骨格が倒れないよう維持するために、とてつもない筋力が必要だった。ということで、プロトタイプⅡ型（一四一ページ）は、正反対のものとなり、接合部がないようなものにした。僕はエネルギーの保持に集中しなくてはならなかった。四脚動物として一歩進むことにそれほどのエネルギーを必要とするならば、僕は、その一歩からできるだけ多くのエネルギーを保持し、次の一歩を出すことにつながるようなものにしないといけない。プロトタイプⅡ型は、基本的には、ラミネート加工した、手作りの二つの大きなスプリングで、巨大な弓のような形をしている。その間に渡したベルトに体を固定するのだ。これを使えば、ハンググライダーのパイロットのように、自分の体重を自然に移動でき、バネのついた脚で地表をぴょんぴょんとギャロップで移動できるのではと思ったのだ。

でも、これに乗り込むのも、やっぱりものすごく怖い。接合部を完全になくしたことで、技術的には、外骨格が僕の体重を支えるものになっており、筋肉をリラックスさせられるのだけれど、実際にやってみると筋肉はとんでもない緊張を強いられた。なぜなら、体重移動によって生みだすわずかな力を大きな力に変える二つのバネの間に、顔を下にしてぶら下がっているので、横向きに転倒しやすいのだ（そしてもちろん、Ⅱ型を作るにあたって思慮深い僕は、尖《とが》った鋭い突起物を使っていた）。このプロトタイプⅡ型は極端にバネが効いているので、その操縦方法が問題になった。バネの効いた脚には接合部がないので、脚を動かすこと自体が難しいのだ。特に、横に倒れることを防ぐために足を外側に出すことが難しかった。そしてそれは、僕が一歩進むたびに横に転倒しそうになる。

小さな一歩でも、鼻で笑ってほしくはないね。様々な状況を考慮すれば、これは確かに大きな成果だと考えることだってできる。僕は、接合部が少ないという、プロトタイプⅡ型の最も大きな弱点を、前脚を切り落として、逆向きに付け替えて改善することにした。でも新しい球関節からどうしても外れてしまうので、ボクサーショーツのゴムでできた結束バンドでくっつけることにした。

僕は、脚や接合部、そして靱帯《じんたい》となるものが、自分の作ったプロトタイプにくっつくのを見ていると、ちょっとだけ神や創造主になったような気持ちになりはじめた。でも、神とは違って、**僕は全知全能ではない**。

それにもかかわらず、プロトタイプⅡ型に肩の接合部を追加したことで、一歩のみならず、何歩も進めるようになったのだ。なんと僕は自分の部屋の端まで歩くことができるようになった。そして、向きを変え、元の場所まで戻ることもできたのだ。しかし、この偉業は、たくさんうめき声をあげ、苦しそうに呼吸し、バネの効いた木製の体からのキーキーという音をひっきりなしに出すことなしには達成できないものだ

プロトタイプⅠ型
木材、鉄の棒、ゴムバンド、厚紙でできた筒、拾ったもの

プロトタイプⅡ型（改良型）
木材、接着剤、プラスチックシート、鉄、マジックテープ、
ゴム、結束バンド、スケート靴

った。およそ七十から八十歩歩いたところで、僕は後ろ脚を折ってしまったのだ。再び僕は、プロトタイプの上にひっくり返ってしまった。

　このような試みを繰り返しつつ、僕はそろそろ専門家に相談する時期が来たと心を決めた。**神に連絡を試みたが、答えはなかった**ので、神のデザインについて研究している人物への接近を試みた。獣医科専門大学であるロイヤル・ヴェテリナリー・カレッジの「構造と運動」研究室、ジョン・ハッチンソン教授である。まずはいつものしつこさでメールを送り続けた後に、ハッチンソン教授は、「とんでもなく奇妙な恐竜の化石」と、アルゼンチンにある「数百万匹のペンギンのコロニー」を調査した後で、親切にも僕とハートフォードシャーにあるキャンパスで会う約束をしてくれた。メチャクチャ楽しそうな調査旅行である。

　第一王女のアン（馬好きな人）の馬の銅像（また一頭増えた）の除幕式に出席し、戻った直後の教授が、ロイヤル・ヴェテリナリー・カレッジのキャンパスは「基本的に、動物病院がたくさんあって、生物力学研究所のある農場」だと教えてくれた。デブリン教授と同じく彼はアメリカ人で（あるいはカナダ人かもしれない。アクセントではわからなかった）、とても忙しく、とってもナイスガイで、見ず知らずのヤギフェチ男と喜んで会ってくれた。

壁を埋め尽くす研究書と、たくさんの箱につめられた動物の骨、等身大のチャールズ・ダーウィンのパネルが置かれたハッチンソン教授の研究室に落ち着くと、彼は僕になぜヤギになりたいのかと聞いた。僕はもうすっかり言い慣れた答えを返した。つまり、人間でいるのが嫌になって、象になろうと思ったのだけれど、僕は象というよりはヤギだとシャーマンに言われたんで、とかなんとか。

「最初は象だったって？　象だったら僕は完璧《かんぺき》だっただろうなあ」

くっそ！　たぶん**世界で最も素晴らしい象の歩行のスペシャリストに、象じゃなくてヤギの歩行について聞いているら**しいんだ、僕は（恥ずかしい）。でも、ハッチンソン教授は、彼の初恋は象だったけど（同時に恐竜も）、他の動物の歩行についても興味を持っているんだと話してくれた。

僕達の会話は、動物界に存在する様々な**相同構造**についてからはじまった。それは大きく異なる種にも共通する器官の構造のことだ。鳥は飛び魚は泳ぎ、猿は体を揺らし、ヤギはギャロップするけれど、構造的には、そして前脚の骨の配置には、驚くべき類似性があるのだという。ダーウィンがかつて、動物は、創造主の作った形のまま地球に誕生したわけではなく、我々生き物が共通の先祖から進化を遂げたと主張した根拠の一つだ。一四六ページにあるのが、ダーウィンの考えを示す図だ。今の僕の気

ハッチンソン教授

持ちからすれば、構造をちょこっと変えるだけで、ヤギのようにギャロップできるのではという期待が高まる。僕はハッチンソン教授に議論をふっかけてみた。「ということは、人間とヤギの間にある相同構造っていうやつなんですけれど、それがあるんだったらギャロップを快適にできるような人工装具を作るって、そんなに難しくないってことですよねえ？」

「うーん」教授は答えを探している。「もちろんそうですね。ただ、ネズミを見てみても、彼らも共通した機能を持っているんですよね。ネズミに備わった能力が壁の後ろを素早く走り回ることだとしましょう。人間とネズミの間に相同構造があるのだから、解剖学的構造を変えれば、我々が壁の後ろを素早く走ることができるようになるって、そういうことだよね？」

うううむ。ネズミと人間には似通った前腕骨構造があるにもかかわらず、大きさという根本的な違いがある。アネットが僕のなかにネズミを見たとしたら、僕は壁の裏で生きることになるわけだが（猫のジャネットによるひっきりなしの死の脅しを受けつつ）、どのようにして解剖学的構造を変えたらいいのか想像もつかない。教授は動物の様々なカテゴリーを類型化して、人間の進化の歴史を両生類や魚類にまで遡《さかのぼ》って説明してくれた。

「わかりますよね、ずっと共通の特徴が存在しているわけです。でも、極端に違うこともあるんです」

あああああああ！　他の動物と解剖学的構造を共有しているのであれば、構造の違いを補完する人工装具を作ることができるはずで、それによりその動物になることができると僕が主張しているわけだけど、ハッチンソン教授が言いたいのは、それではなぜ、ヤギなのか？　って、そういうことでしょ？　どんな生きものを選んでも、ちょっとした工学技術があれば、その動物になることができるという僕の推測の根拠となってくれる、相同構造を見つけることができる。例えば、同じ推論はコウモリにも適用できるはずだ。逆さまにぶら下がり、音波探知機を使って、昆虫を口で捕食して生きることだってできるはず。もちろん、それを可能にする外骨格を作ることもできるだろう。コウモリと人間の手足の骨の配列は似通っているし、人間もコウモリも肺と咽頭《いんとう》と口と耳を持っているんだよ？

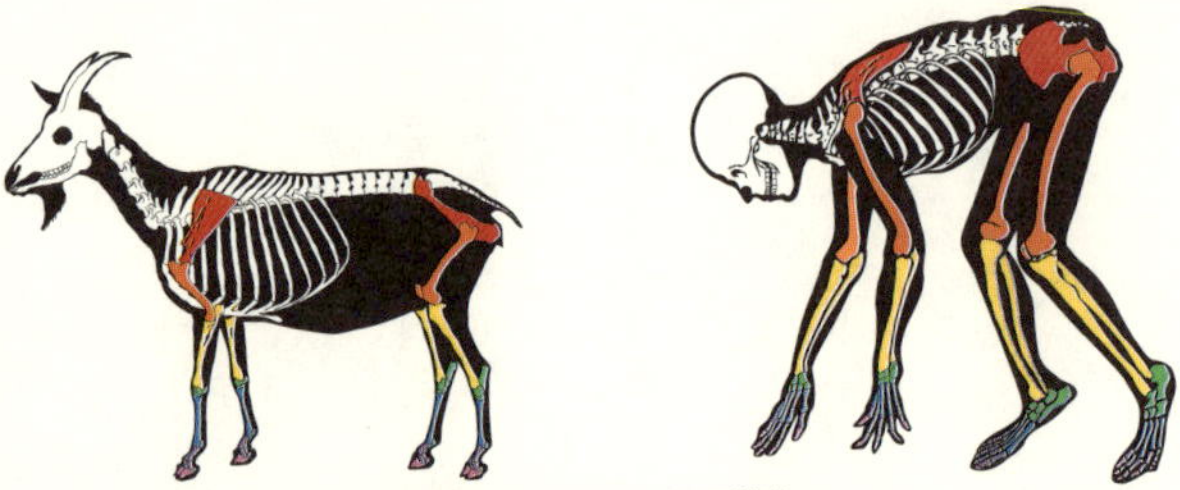

人間とヤギの体の相同構造

異なる種の動物は、共通する進化の歴史からくる共通の解剖学的構造を持っているのと同時に、各種はそれぞれ独自の進化の歴史も持っているのだ。教授は「君は、君の進化の歴史から大きなものを受けとってやってきた。そしてそれは変えることはできない。人間には変化しにくい部分が多くあり、それはどうやっても変えることができないんだ。僕ら**人間は大きな脳と短い腕を持つ二足歩行の生きものとして、大きな進化を遂げてきたんだ**」

「でも、でも、でも……」

僕が撮影した教授との会話のビデオを見返すと、この時点で、門前払いされるリスクのなかにあっても自分はヤギになれると信じて、僕は実際に研究室の中をぐるぐると這《は》い回って、教授に「どれだけ自分がヤギに近いのか」「どれだけヤギの解剖学的構造の欠点を補わなければならないのか」をデモンストレーションするのがいいと考えたみたいだ。ハッチンソン教授は、この馬鹿《ばか》げた姿を見せられて、ちょっとばつの悪そうな顔をし、そしてこのビデオを後で見返した僕は、少し恥ずかしくなった。でもその時にはそれが彼の意見に反論する唯一《ゆいいつ》の方法であり、僕の夢を生かし続ける方法だと思ったのだ。

「うーん……」と教授は言い、僕のデモンストレーションについて考えているようだった。そして、突然、何の前ぶれもなしに、まるでこれが何かのでっちあげであっても、とりあえず騙《だま》されてやるかみたいな雰囲気で彼は「いいよ！」と言ったのだ。四つん這いでウロウロ歩き回るような成人男性が、真っ当な説明で納得するようには思えないもんね。

「さあてと。工学的な見地から言うと、まず問題になるのは、前脚が後ろ脚より短いということですよね。だから、前脚を少し伸ばして、背中が平行になるようにする必要があります」

最初からそう言ってよ。学者っていうのは時間がかかるときがあるんだよねえ。

「私達は霊長類であり、霊長類って本当に変わってるんですよね。私達は通常はすべての体重を四足歩行の動物でいう後ろ脚にかけているし、ゴリラもおおむねそうです。ヤギらしくなるためには、もっと前脚に体重をかけて歩く方法を見つけなければなりません。前脚に体重の約六十パーセント、後ろ脚には四十パーセントを振り分けるのです」

僕の体重は六十七キロ（百四十八パウンド）だから、六十パーセントとなると四十キログラム（八十八パウンド）に相当する。それは、常に砂糖の袋を片腕に二十個ぶら下げていることと同じだ。相当鍛えないと無理。

「ヤギは指の爪《つめ》と脚の爪で立っています。前脚のこの部分が長いんですよね」と、教授は説明し、手のひらを動かした。「ここと中手骨が結合してるんです」

ということは、ヤギ、あるいは馬の後ろ脚の膝《ひざ》あたりにある関節は、実際のところ踵《かかと》なのだ。これが、馬の脚が逆方向に曲がるというよくある誤解に繋《つな》がっている。膝の関節に見える部分は実際は踵の関節だから、あたかもつま先立ちで歩いているように見えるのだ（つま先立ちについては、よく知られているので、広く誤解されているわけではない）。

「われわれの足の指は少しくらいならば動きますが、とても固いです。ヤギは横方向に柔軟に動く二本の足の指を持っていますが、馬は一つだけ。だから、動きもより限定されてますね」

「彼らは割れた蹄を持っていますよね。これは、食べてもいいという意味ですよね。聖書には、『動物のうちで、蹄が分かれ、その蹄が完全に割れているもの、また反芻《はんすう》するものはすべて、食べてもよい（レビ記11：3）』と書かれていますから」（僕がこの通りに聖書の言葉を教授に言ったわけじゃない。だって僕、聖書を暗記してるわけじゃないから）。

「ええ、まあ、そうですね。人間である我々が広く手足を、特に足を制御している一方で、ヤギによる制御と筋肉はすべて前半身に集中していて、弾力性のみを後半身が司《つかさど》っています」

「確かにヤギの脚は細いですよね」

「その通り。その利点は軽い手足を持てるということで、軽い脚は動かしやすいんです。五キロの錘《おもり》を背負って走ることを想像してみてください。その錘は腰に巻くより、脚に巻くほうが大変なんです。ヤギが肘《ひじ》と膝から下を細くした理由は、長さと軽さなんですね」

「ということは、ヤギは人間よりも速く走れるってこと？」僕は無邪気に聞いた。答えはもちろん知ってるさ。でもギャロップの話がしたかったのだ。教授はさっそくいらついて答えた。

「ああもちろん。当然」

「それはただ、彼らに脚が四本あるからということですか、それとももっと複雑な理由？」

「もっと複雑ですね」

物事って、いつだってもっと複雑なんだよね。

「理由の一つは脚です。でも、背中のほうがもっと重要。ヤギがギャロップする時に四脚が地面から離れている時、背中の筋肉を収縮させ、ついで伸ばしてストライドを大きくしているんです」

「ちなみに僕の夢はギャロップすることなんでーす」

「ギャロップ？ うそだろ、ギャロップなんて、すっごく、すっごく難しいよ……」

この時点で、再び、僕はイスから立ち上がって、そして今回はものすごく興奮しながら背中を弓なりにして、**僕だって伸び縮みする背中を持っているんだぜ**と教授に自慢した。

「わかった、わかったよ、でも、それは君の腰だよ。ヤギの背中に力を与える筋肉と同じだね。ただ、君の腰はヤギとか他の四脚動物に比べて弱いんだ。それに、ギャロップは君の体に多くの負担をかける。ギャロップは空中に浮かなければならないからね。ということは、君の手足にかかる力は大きくなって、君の体組織に与えるストレスも大きくなる。つまり、あっという間に疲れてしまうということなんだ」

工学的な問題とは別に、ハッチンソン教授は僕の精神的能力にも疑問を呈していた。

「モンティ・パイソンのココナツの殻のリズムで手足が地面に連続して当たることは、人間の脳ではまったく制御できないものだと思う」

再び、僕は自分がどれだけ不可能なことを目標に掲げているのか、しっかりと把握できていないということがハッキリしてしまった……。ハッチンソン教授はそのことを僕に教えようとしてくれているのだ。

「ギャロップ……素晴らしいよ。でも、それは無理だ。こう考えてみよう。われわれ人間にとっては歩くこと、走ることのほうがギャロップよりもずっと〝快適〟なんだってね」

＊　＊　＊

ハッチンソン教授が、ホロホロチョウのやかましい鳴き声が響くキャンパス内部を案内してくれた。僕はなぜこんなにたくさんホロホロチョウがいるのか訊《たず》ねてみた。

「ホロホロチョウはね」と彼は言い「走るのが大好きだからさ」とつけ加えた。

教授は僕を、生物力学研究所に連れて行ってくれた。スクリーンのついた特別製のトレッドミル（心電図や血圧計で運動負荷を計測する器具）を使った、ホロホロチョウのバーチャルリアリティー実験が行われていた。そこにはもう一台、ハムスターの走行実験用のとても小さなトレッドミルもあった。また、センサーが埋め込まれた大型のネコ科動物の首輪がアフリカに送られるために箱詰めされていた。それは誇り高きライオンの首に巻かれることになるそうだ。教授は最新の装置も見せてくれた。これは放射線ビデオカメラで、教授によると、「この分野に革命をもたらしている」、素晴らしいものだそうだ。これは動く動物の体に何が起きているのかを、スローモーションで見せてくれるというのだ。

「**スタートレックの病室みたい**ですね」と僕は言った。

「これを人間に使うには、相当ちゃんとした理由が必要なんだけどね。なにせ一秒間に二百五十枚も撮影しますから」

研究所の横の庭の隅っこに、明らかに怪しそうな輸送用コンテナが置かれていた。教授は馬蹄《ばてい》のキーホルダーのついた鍵《かぎ》の束を取りに行くと（本物の馬蹄）、鍵を開け、鉄の重いドアを開いた。中には、**凍った動物の体の一部が入っている**ポリ袋が高く積み上げられていた。馬の頭が入った袋もあれば、トラが丸ごと入った袋もあった。他にもダチョウの首や、山ほどのキリンの脚があった。「冷凍のペンギンが十一羽、それからアルパカ、ヒョウ、クロコダイル、**サイの塊**がたくさん入っています」

ハッチンソン教授の素晴らしいブログ
『ジョンの冷凍庫の中身はなーんだ？』より

入り口のすぐのあたりには象の脚が数本あって、袋から血液がべったりとついた切断面が突き出していた。「三十本から四十本ぐらいありますね。**象が死ぬと、脚を集めちゃうんですよね**」

うわぁ……。

こんな奇妙なものが入った輸送用コンテナの中身を見たのだから、人生観は大きく変わるはずだ。ハッチンソン教授は冷凍庫のドアを閉め、僕は彼に続いて庭を横切り、頭上にガントリークレーンが見える道を進んで、大きなドアから建物に入った。僕達は、広くて明るい部屋に入っていった。部屋の中央には、巨大な馬が後ろ脚の一本をクレーンのフックにひっかけられ、逆さになって吊り下げられていた。ハッチンソン教授は、そのフックは、動物の体重をすべて支えることができるアキレス腱《けん》のところにかけられているのだと教えて

山と積まれた動物の死体！（ペンギン、見える？）

くれた。しかし、教授は僕に写真撮影はしないように言った。「誰かが愛したペットだったかもしれないから」という理由からだった。

ここは、ロイヤル・ヴェテリナリー・カレッジの解剖室だ。部屋の周りには、真ん中に排水口のある、よく見るようなステンレススチールの解剖台が置かれていた。その解剖台の一つに寝ていたヒツジを「とても可愛《かわい》らしい赤ちゃんヒツジ」と言ってしまい、恥をかいた。そしてその横の解剖台にはユキヒョウが寝ていた。ユキヒョウは赤ちゃんヒツジに比べるとそれほど可愛らしくないのは、死んでいるだけじゃなく、**尾の先を残して全体が解剖されていたから**だ。実際のところ、それがユキヒョウだと

解剖されたユキヒョウ

かろうじてわかる部分は、尾と肉球だけだった。

「ユキヒョウを撫《な》でてもいいですか？」と僕は聞いた。

「いいよ。血がついちゃうかもしれないけど」

僕ははじめてユキヒョウの尾を撫で、そしてもう二度と撫でる機会はないだろうと思った。

「なぜユキヒョウを解剖しているんですか？」と僕は訊ねた。

「そうですね、まず一つは、送られてきたのが死んだユキヒョウだったってこと」

僕は配達人がユキヒョウの形の宅配便を車から降ろす姿を想像した。「それに動物の器官の構造がどのように機能するか僕らに教えてくれるから。普通の猫から、大きいものでは、ヒョウ、ライオン、トラまで、ネコ科の動物の違いを研究するために解剖しているからね」ハッチンソン教授が驚くほど大きなユキヒョウの体の一部を押して、とても鋭い爪を肉球から出した時、それがどのように機能するのかよくわかった。ユキヒョウはシロイワヤギを生きたまま食べるような捕食動物だ。そう、ユキヒョウに常に狙《ねら》われている状態になることになる僕にとっては、常に危険と隣り合わせでいることも自然に受け止めなくちゃいけない。

「私は解剖学が好きなんですよ。美しくて、不気味で、気持ちが悪くて、平凡で、ショッキングで。すべての要素が入っているから」と、ハッチンソン教授は言った。

僕はぞっとするような死を前にして、なぜかワクワクしていた。先の尖った万力が、死んだ動物の体の一部を締め付けていて、こちらにはなんらかの生きものから切り取られた蹄の入った一輪車が置いてあった。僕はハッチンソン教授が今までに何頭のヤギを解剖したことがあるのか、気軽に聞いてみた。驚いたことに、彼は今まで一頭も解剖したことがないという。

「ヒツジとか他の偶蹄類《ぐうているい》はたくさん解剖したことがありますけどね。先週はキリンを解剖しましたね。でもヤギでしょ？　ヤギは解剖したことないなあ。他はなんでも解剖したことがあるけど、実際のところヤギはないですねえ。問題は、このあたりではヤギの入手が難しいってことですよ。だれも大学の獣医科にヤギを連れてこないのは、診察料金がとても高いからだと思います。我々は競走馬のような高価な動物をよく扱うんです。例えば誰かがヤギをとても大切に飼っていたとして、何百ポンドも払ってクリニックに連れて来て、〝残念だよ、年老いたヤギさん。あなたの**ヤギ生**は長くて幸せなものだった。さあ、お別れの時間ですよ〟ということでもない限りね」

サウジアラビアには、とても高価なヤギがいることを僕はたまたま知っていた。**美ヤギコンテスト**があって、美しいヤギは数万ポンドの価値がある。

「もし僕が死んだヤギを手に入れたら、解剖して下さいますか？」

「もちろん。ヤギは是非解剖してみたいですね。興味深いですよ。でも、動物ってタイミングよく死なないものなんです。予兆があまりないんで。ここに持ち込むなら凍らせて持ってきて下さいね」

僕だってヤギの解剖は興味深いと思うよ。

さて、不幸にも検死の必要のある、最愛のヤギはどこで見つけられるだろう？

＊　＊　＊

バターカップはヤギにとっては地球上にある天国のような場所だけれど、その天国

サウジアラビアのリヤドで行われた美ヤギコンテストで「最も美しいヤギ」に選ばれたヤギ

の次に彼らはどこに行くのだろう？芸術のために、そして科学のために、その行く先をロイヤル・ヴェテリナリー・カレッジのハッチンソン教授の解剖室に変更することは可能だろうか？

　僕はその天国にいるボブにその話題を振ることに、少し慎重になっていた。ニューヨーク・タイムズ紙によると、ヤギは「もっとも広い地域で食用とされている」動物で（しかし実際には、**飛行機から牛の数を数える**なんていう調査を行っている国際連合食糧農業機関によれば、ニューヨーク・タイムズ紙は間違っているそうだ）、いずれのケースにしても、ヤギは確実に、世界中でもっともと畜されている動物のトップ・テンに入る。国連によると、毎日百万頭がと畜される。その百万頭のなかで名前をつけられるものは多くはないけれど。

　だから、バターカップで遠回しにボブのヤギのうち一頭を解剖していいか聞くのは、

バターカップの芝生でくつろぐヤギさんたち

少し怖かった。

「ダメだね」とボブは言った。「ヤギがここに来ると、こう約束するんだ。生きている限り、敬意を持ってしっかり面倒を見るってね。そして、その約束は死んだあとも続くものだと僕は思っているから」

お、おう……。でも僕は、それは例えば風《ふ》呂《ろ》場《ば》で解剖するような**DIY的な作業**ではなく、様々な風変わりな生きものばかり扱っているけれど、ヤギを解剖した経験のないロイヤル・ヴェテリナリー・カレッジの教授とその生徒達による専門的な手術であると説明してみたのさ。するとボブは考えはじめた。バターカップは**ヤギの葬式**とか**ヤギの墓**を持っていない。いや、正確には、ヤギの死体は専門の業者によって焼却されるためにブライトンに運ばれるのだ。国内で死んだ家畜を運ぶのは、伝染性の病原菌が死因である可能性もあるため、厳しく制限されている。どうやら僕のいないところで、ボランティアとスタッフたちが話し合ったようで、ボランティアのヤギ世話人で、「アーティストとか呼ばれる連中や、彼らが何をしているかも良く知っている」という人物が、庭を歩いている僕に近づいてきた。僕は彼に、ヤギを冒瀆《ぼうとく》するような悪魔的な現代アートには興味がないと断言したんだ。結果として、数人のボランティアの態度は、僕のアイデアには賛成しかねるけれど、きっぱりとした「ダメだね」から「たぶん」に変化しつつあった。もし僕が規制と運搬の問題さえ解決することができれば。

* * *

無限からの呼びかけに応《こた》えたヤギが出たことを知らせるバターカップからの電話を待つ間、友達の操り人形師であるアイヴァン・ソーリーの力を借りて、僕はもっと良いヤギの脚を作ろうとしていた。僕らの目標は、ハッチンソン教授のアドバイスを反映した、新しい外骨格のプロトタイプを作ること。前脚を強くするアイデアとして、空洞の繊維ガラスの「骨」に前腕を挿入し、**細長い中手骨の代わりに、アルミ管をつけることで、僕の腕と手を、脚と蹄に変える**ということだった。

単純な構造だ。でも実際、一定の時間、自重に耐えるということは、腕そのものの重さ（前腕の肉の重さ）に耐えることを意味していない。僕らは、自分がどれだけ重い荷物を持ち歩いているか、まったく意識していないのだ。しかしプロトタイプⅢ型は悪くなかった。確かに、今まで作った外骨格のなかではベストな歩き方ができるようになった。しかし、手首の関節の微妙な動きと体重の分散、機械と体が接触する部分の痛みを軽減するという重要な問題を考えると、構造を最適化するのは本当に困難だ。僕らの作った外骨格の最終目標は、血流を止めず、とても痛い皮膚のひきつれも引き起こさないことだった。

四肢切断患者のために新しい手足を作る義肢装具士も、僕らが外骨格を作る時に直面したのと同じような問題を、たぶん抱えているのではと僕は考えた。ということで、僕はグリン・ヒース医師が働くサルフォード大学を訪れた。ヒース医師は義肢装具士だけど、博士号は動物学で取得している。そのユニークな組み合わせを考えると、彼こそ僕の難問に助言を与えてくれる人ではと希望を抱かせた。うれしいことに、彼は僕をクリニックへと快く招待してくれた。僕は最新の前脚をスーツケースに入れ、サルフォードに向かった。

義肢装具士で、動物学者で、（僕にとっては）慈善家で、労働組合の代表で、自らを「お偉いさんにとっては頭痛の種」だと言うヒース医師は、おかしな初診のために僕を招待してくれたのは、僕の提案に好奇心を抑えきれなかったのが理由だと教えてくれた。

「私みたいな人間からすると、君は完全に宇宙人だからなあ。それにすごくおもしろいじゃないか……どうやったらうまくいくか、考えずにはいられなかったよ。まったく思いもよらないことを考えるよなあ」

義肢装具士にとって前脚を作るなんてたぶん相当珍しいことに違いない。でも実際のところ、ヒース医師が動物（例えばペットの犬）のために装具を作ることは時々あるらしい。だから、前脚は何度か作ったことがあるそうだけれど、**人間のために前脚を作ったことは一度もない**ということだった。僕は、生物学的相同を補正するための装具を作るなんていうおかしな仕事を依頼してきた患者がいままでいたかどうかを聞いた。

「一度もないね。これまでの歴史のなかで、人間の体を進化させるような装具を作った人なんていない」

「パラリンピックとかで使われる、カーボンファイバー製の装具なんかは、どうなんですか？」

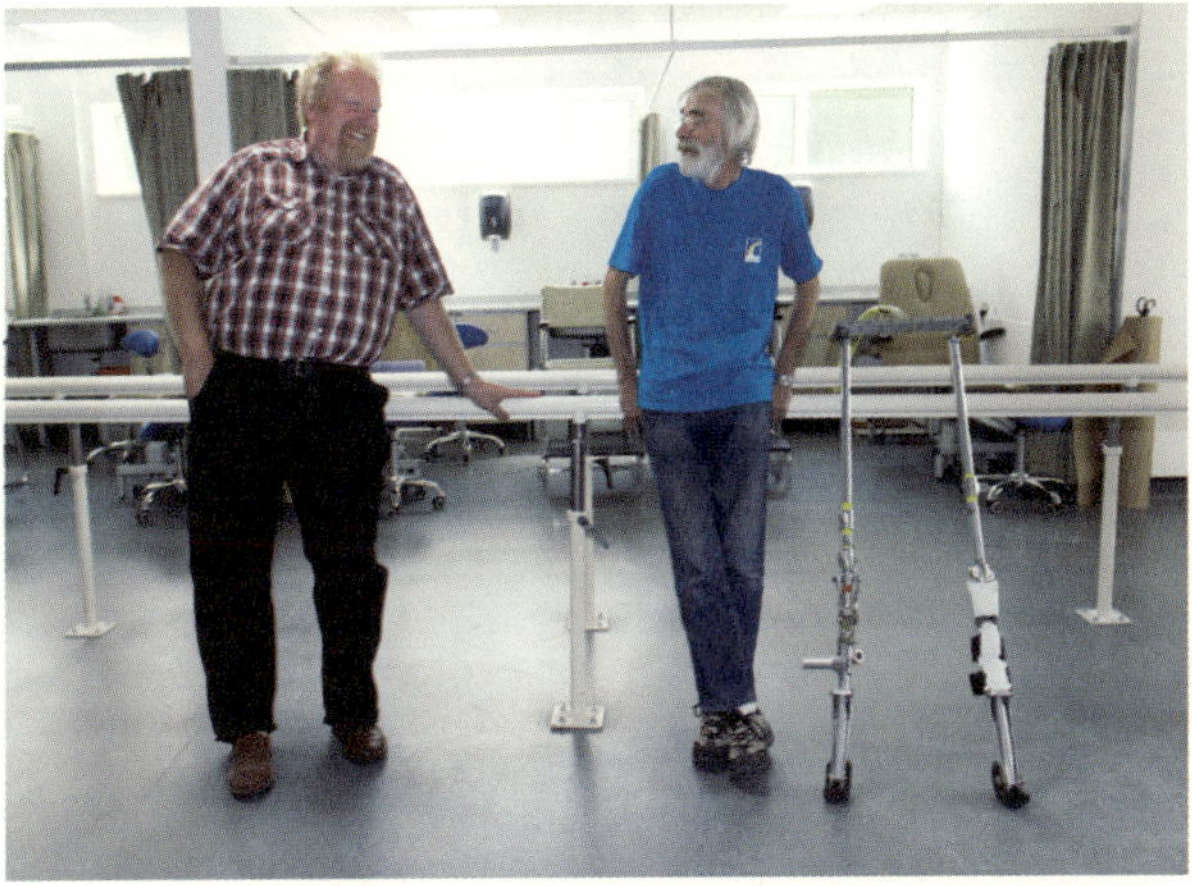

グリン・ヒース医師とジェフさんと、僕がアイヴァンと作った脚

「あの装具を使う人は、一日中身につけているわけじゃないだろ？　レースの後には外す。ああいった装具は、特定のたった一つの活動のために設計されたものなんだ」

「相同を補正する装具は作らない？」

「まあ、鎧《よろい》が最初の装具だったわけだ。頭がちょん切られるのを防ぐものだけど、あれを着ると身動き一つできないよな、アッハッハ！」

ヒース医師が僕に補綴《ほてつ》（歯の欠損を義歯や金属冠などで補うこと）の専門家、ジェフさんを紹介してくれた。僕は二人に僕の夢を説明した。ヤギのように自由にギャロップしたいのだと。彼らの反応はハッチンソン教授のものと似ていて、はなから期待されていなかった。

彼らは僕が知らないことをたくさん知ってはいるけれど、僕を落胆させようとしている。ハッチンソン教授には、人間とヤギの間にある、何百万年もの進化の過程で生れた違いを指摘された。ヒース医師とジェフと僕との会話はなかなか噛み合わない。なにしろ彼らは臨床医であり、研究者ではない。彼らの仕事のほとんどの部分が、自らの体によって引き起こされる痛み、病気や外科的介入によって引き起こされる痛みを軽減しようとする試みの、実践的な措置なのだ。そして僕が**四足歩行でアルプスを越えなくてはならない**と打ち明けた時には、軽い悲鳴が上がった。

「ホー！　ホー！　ホー！」ヒース医師は陽気なおっさんで、笑いすぎて話せなくなるほどだ。「時間はどれぐらいあるんだい？　君が肉食動物だったらなあ……。だって一日に十八時間ぐらい眠ってりゃいいんだ！　反芻動物はもうちょっと長い距離を移動しなくちゃならないからなあ、アハハハハ！」彼は続けた。「二十分から三十分程度だって歩けるかどうか、疑わしいもんだよ。それも、最長で！　それに、問題は疲れるってことじゃない。君が疲れ切る前に、君の**体にかかる圧力が**、**君の体をぶっ壊す**」

　ジェフが割り込んだ。「意識したこともなかった場所が痛くなる」

「その通り。僕らはものごとを快適にして痛みを軽減することはできるけれど、体の各部位にかかる圧力を減らすことはできない。その圧力が君を破壊するってわけだ」

破壊なんて強い言葉だけれど、でも彼らはゆずらなかった。それじゃあ、義足をつけてマラソンを走った男性は？

「それは素晴らしいことだな」とジェフは言った。「でも、臨床的観点で言うと、狂気の沙汰《さた》だ。マラソンが終わった後の足の状態を見てみたい。フニャフニャになるまで叩いたハムみたいになっているはずだ。しかしそうだったとしても、そのランナーは二本足で立っていたわけだ。君の場合は問題が山積みだよ。例えばどうやって頭を上げておく？　めちゃくちゃ辛いはずだ。ヤギには人間よりも強い項靱帯《こうじんたい》というものがある。それは、ピンと張ったロープのようなもので、首の後ろ側にあって、それがあるおかげで頭を上げておくことができるんだ。でも君にはそれがない。それから、たとえ項靱帯のような装具を作ることができても、君はそれを作るべきじゃないと思う。だって快適過ぎてしまうから。君には疲れてもらわなくちゃならない。疲れることで、止まることができるからね。長期間頭を上げ続けて、神経や頭への血流に影響を与えることを避けないと」

「アハハ、ジェフ、頭への血流なんてとっくに止まってるって！」

「安全のことを考えて欲しい。特に首と背骨が心配だ。**ここに患者として戻ってくる**

ことになっちゃうからね」

「そうだ、ジェフは正しい」と、ヒース医師は真剣な声で言った。「君に下半身不随になって戻ってきて欲しくない」

僕は同意せざるを得なかった。僕のゴールは勝ち取ること。足の機能を失うことがゴールじゃない。

僕は人工の装具が必要になる、最も一般的な理由は何か尋ねた。ヒース医師は、義肢装具士の訓練をする慈善事業が行われたトルコから戻ってきたばかりだった。トルコで装具が必要になる最も一般的な理由は、隣国シリアでの戦争による外傷だ。しかし、民間人が集団による暴力に晒《さら》されていない社会では、驚くべきことに、重機による過酷な事故や、自動車事故の衝撃ではなく、悪い生活習慣や粗悪な食生活と喫煙が最も大きな理由であった。これらの生活習慣が糖尿病を引き起こし、手足の神経を傷つけ、痛みを適切に伝達しなくなる。例えば足に小さな問題を抱えたとする。まめができたとしよう。そしてそれをただ放置する。だって痛みがないんだから、無視するなんて簡単だ。そしてまめができたまま歩き続け、問題を無視し続ける。だって、めんどくさいし、地域によっては医者に診せることが高額の場合もある。そして小さなまめが腫《は》れて、それでも痛みを感じられずに、状況はどんどん悪くなって壊疽《えそ》を起こしてしまう。そのときには症状は取り返しのつかない状態になってしまい、残された唯一の治療法は足の切断になるのだ。痛みを感じることには進化論的な深い意味がある。なにしろ痛みを無視することは難しい。ジェフの言う、ヤギとして痛みを感じて欲しいということには、根拠がないわけではなく、もっともな事前注意であると思われる。

人工装具が必要になる理由のトップが非健康的なライフスタイルだという事実は、原因と結果の反時計回りの連鎖として驚きだった。人間は環境を変えることが得意なはずだ。結局のところ、牧草を食べる野生種を、小麦と米とトウモロコシを食べる家畜とし、そして地球上の三十七パーセントの土地でその農作物を栽培し、数十億の家畜を育てている。しかし人間が砂糖と脂肪とアルコールとタバコが潤沢にあり、仕事と娯楽の大半はイスに座っていればいいだけの環境を作り上げ、その環境が僕らをダメにしているように思える。

僕はヒース医師とジェフに、ヤギになってアルプスを越えるというプロジェクトは、完全に僕だけが責任を負うものであるし、僕は健全な心と判断力を持つ成人で、もしここに患者として戻って来ようとも、それは完全に僕一人の責任であると伝え、安心してもらった。

「そっか。いいよ、脚、作ってあげよう」とヒース医師は言った。

よし。

「ただし、少し時間がかかる。どれぐらい時間があるの？」

僕は、ヤギたちの発情期と、アルプスで凍死する時期を避けたいと希望していたので、「九月の終わり頃までです」と答えた。二人とも、**人間をお休みすることになんて興味のない人達のために人工装具を作っている**ため、僕の装具を作るのは診療時間外ということになるので、ヒース医師はなるべく早い時期に着手したいと言った。彼が僕の四足歩行を見たいと言ってくれたから、特注の短い松葉杖《まつばづえ》を取り出して、クリニックの周りを歩いた。最初はとてもゆっくりだったけれど、徐々に四足歩行が上手にできるようになっていた。

彼とジェフは僕が四つん這いで歩くといろいろと意見をして、二足歩行用の体を四足に変えるという試みの問題点を指摘しはじめた。

「後ろ脚が長すぎるな。骨盤が百三十五度ほどずれている。全体重の少なくとも六十パーセントは前脚にかける必要がある。君は足の裏をすべて地面につけて歩く蹠行《しょこう》動物で、蹄は持っていないけれど、たぶんＡＦＯを作ることができると思う。趾行性《しこうせい》の動物の後ろ脚の動きができるようになるだろう」（ＡＦＯとは、短下肢装具のことだと後日学んだ)。

僕はそろそろただの歩行から卒業したいと考えていたので、イスに上がって、ヤギのように前脚からジャンプしようとしていた。しかし、ケガをしたくないという深い本能が芽生え、突然臆病《おくびょう》になってしまった。

「そういうことはやるべきじゃない。肩が外れるし、鎖骨を骨折してしまう。靱帯も損傷するだろうし、最悪だぞ」と、ジェフは言った。「ヤギがとても高い場所から飛ぶことができるのは、肩甲骨《けんこうこつ》を外すことができるからだ。前脚と体の他の部分を繋ぐ骨がないということさ。高い場所から前脚で着地すると、体がゴムバンドで脚の上に繋がっているかのように、動き、跳ね返る。しかし、君の場合は、腕と体の他の部分との間に骨の結合があるよな。鎖骨だ」

もちろん、人体には他にも多くの微妙なところがあり、健康で動き回ることができる時には考えもしないけれど、あまり上手に動かなくなると途端に気づくものがある(あるいはヤギみたいにジャンプしたいという願望を邪魔してくる時に)。膝や肘といった関節は、かなりはっきりとした可動域があると僕は思っていたけれど、実際のところは、関節は多くの方法で動き、調節しているのだ。例えば肩は、「動きまくる」。「人は自分の体が動いて当然だと考えがちだけれど、実際に動かそうとして、歩行時

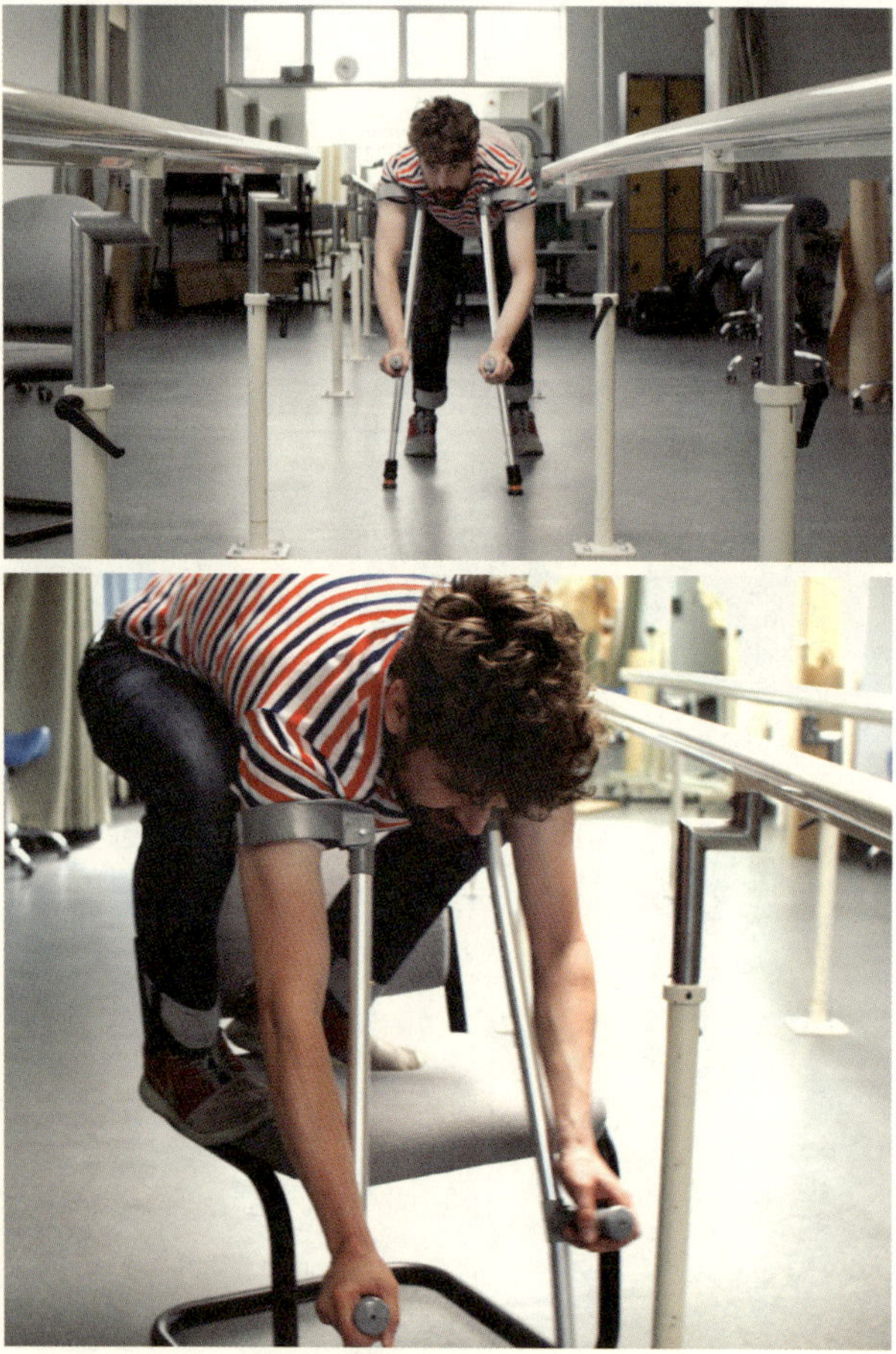

クリニックで四足歩行をするトーマス

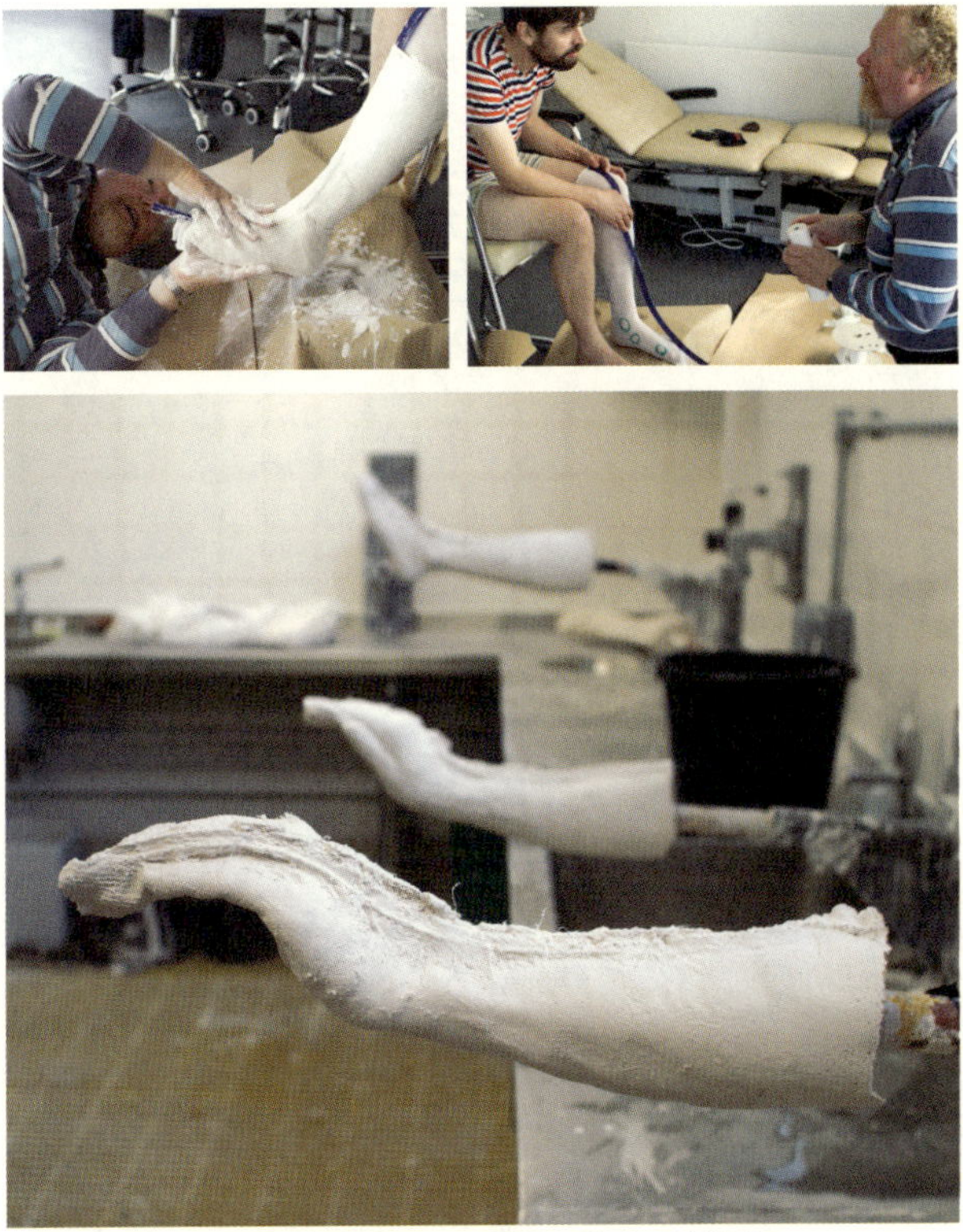

ヒース医師がトーマスの手足のギプスを製作中

の関節の動きがどうなっているかなんて考えはじめると、ねぇ……」

　これはヒース医師とジェフが、僕の生物学上の可動範囲と外付けの装具をうまく組み合わせることができなくなるので、実際には僕の動きを制限してしまうことのないように、ヤギスーツの結合部は最小限にしたいと考えているという意味だ。関節が多くなればなるほど、僕は身動きがとれなくなるのだ。僕が描いていた、体全体を覆《おお》う外骨格は、ほんのちょっと縮小されて……シンプルになるみたい。

　ジェフが人工関節の入った埃《ほこり》だらけの箱を持ってきた。彼はこの箱を「補綴学の世界のアールデコ」と呼んでいた。倉庫にはこのような埃まみれの箱がたくさん集められていた。かつてはとても一般的な人工装具だったものばかりらしい。「終戦直後に作られたから」と言う彼は最近の中東戦争について言っているのではない。基本的には、木製の脚を作るために使われていた関節なのだ。

「変わり者の男性で欲しがる人がいてね」と彼は言い、そしてその関節はヤギ男用人工装具として最適かもしれないという。シンプルで、強度があり、過酷な高山のコンディションにも耐え抜くことができる。

「どれぐらいの速さでギャロップできると思います?」僕は期待を込めて聞いた。

「だからギャロップはできないってば……」

「ダメだ、ギャロップは絶対にダメ」ヒース医師が釘《くぎ》を刺した。**悲しげなバイオリンの音、スタンバイしてください。**

しかしながら、再び短い松葉杖を使ってクリニックの中を四足歩行で歩き回り、もう少しでトロット（だく足）ができそうな僕に、ヒース医師は心底驚いていた。身体的にはとてもきついことだけれど、頭のなかで四足歩行をトロットのパターンに連動させることは自然にできるようになっていたんだ。ヒース医師は四足歩行動物から分岐する前の名残が僕のなかにあるのではと首をひねっていた。もし若かったら、僕についての論文を書いただろうなんて、ヒース医師は言っちゃってたぜ！

ヒース医師は後になって、「僕のトロット」をクリニックの別のスタッフに見せるよう言った。僕はかなり得意になった。

＊　＊　＊

この後の数日間に、僕はヒース医師のクリニックに何度か立ち寄り、僕の手足の石こうの型を取ってもらった。彼は僕に警告した。

「君は自然の解剖学的構造に制約を受けつつ、ヤギの歩行姿勢で歩く世界で初めての人間だ。ジェフと私でこの装具を作っている間に、骨盤をより広範囲で動かすことが

かわいそうなヴィーナス。生前最後の姿。RIP。

できるようにストレッチをすることと、膝腱《しっけん》のストレッチをして、膝が胸につくようになっておいて欲しい」

僕がヨガのクラスに行くことを決めた瞬間だ。

＊　＊　＊

そんなこんなしていると、一本の電話がかかってきた。「バターカップです……。**ヴィーナス**という名のヤギが……とても……。獣医に電話をしましたが……ロイヤル・ヴェテリナリー・カレッジへの運搬方法、どうなりました?」

すでに運搬については手配を済ませていた。つまり、僕はカテゴリー2の運送業者の免許を取得したのだ。そうなんですよ、心優しき読者のみなさん。**イギリスで死んだ動物を動かそうってなら、僕にご用命下さい。**ただし、すでに脊髄《せきずい》や脳が摘出され

（左）すべての人間に最期が来るように、仕方がないことなのかもしれない
（右）ありがたいことに、彼女は冷蔵庫にきっちりと収まってくれた

た動物はダメですよ、それはカテゴリー１なんで。

　ということで、僕はバターカップに車を走らせた。到着したとき、まだヴィーナスは生きていたけれど、とても瘦《や》せてしまっていた。総支配人のゴーワーは、獣医がヨーネ病と呼ばれる疾患で衰弱しているのではと言っていたと教えてくれた。これは消化管に入るやっかいなバクテリアで、腸壁を厚くし、栄養分を吸収する能力を動物から完全に奪い取ってしまうそうだ。これはパラ結核菌（ＭＡＰと呼ぶこともある）と同じもので、人間にとってはクローン病の原因であると主張する人もいる。ヨーネ病は家畜の中で感染していく可能性が高く、群れのなかでは、フン、草、口腔という経路で感染することから、ゴーワーは不安になっていて、獣医の仮説を検証したがっていた。それにはヴィーナスの腸壁のサンプルを顕微鏡で検査する必要があり、それはロイヤル・ヴェテリナリー・カレッジの獣医達が最も得意とするところだった。

僕が行くと少しだけ元気になったように見えたヴィーナスだけど、ゴーワー曰《いわ》く、動物は最期《さいご》の瞬間の直前には元気になることがあるとのことで、それはヴィーナスもそうだったようだ。二日後の日曜日、僕は再び連絡を受けた。ゴーワーは、必要以上に彼女が苦しむことがないよう、獣医が彼女を安楽死させたと言った。

ということで、僕は父の車を借りて、ヴィーナスの体を運ぶために、バターカップに戻った。

死後硬直ははじまっていたが、ヴィーナスはかなり痩せていたので、持ってきたポリ袋に彼女を密封することができた。でも、その日は日曜日だったんだ。ということは、彼女をロイヤル・ヴェテリナリー・カレッジに連れて行くことはできないので、必然的にヴィーナスは仮の死体安置所に氷と共に一晩入ることになった。**僕の冷蔵庫だ**。

翌日、僕はハッチンソン教授の冷蔵庫にヴィーナスの体を運んで行った。その日の夕方、僕は出産間近のガールフレンドのお姉さんを車に乗せて病院につれて行った。

彼女は赤ちゃんの名前をヴィーナスにはしなかったけれど、君が文字を読めるようになった時にわかるように、この本に書いておくね。ハロー、フローレンス！　君のママには内緒にしてたけれど、哀れなヴィーナスをほんの数時間前に乗せた車に、いまにも君を産みそうになっているママを乗せたことは、**二つの命のサークルが近づいたことなのかなって**思ったんだよ。僕の父の中古のメルセデスの後部座席でね。

＊　＊　＊

ヴィーナスを袋から出した時、まだ体の奥の方が凍っていたため、解剖は二日間の工程となった。ハッチンソン教授は皮を剝《は》ぐことから作業をはじめた。教授は僕に解剖用メスを安全に使う練習をさせた後、僕も作業に参加することを許した。僕達はヴィーナスの臀部《でんぶ》にある、青緑色の肉をあらわにした。ここが、彼女を安楽死させた注射が投与された部分で、これは安全対策として、青緑色に染められている。もし青緑色のステーキを出されたら、きっとそれは競走馬だろう。それはちょっと別の意味でも興味深いディナーだ。だって、その注射はケタミンとバルビツレートの混合剤なんだから。

解剖が進んで行くと、ヴィーナスは見慣れたヤギ（死んでるけど）の姿から、筋肉

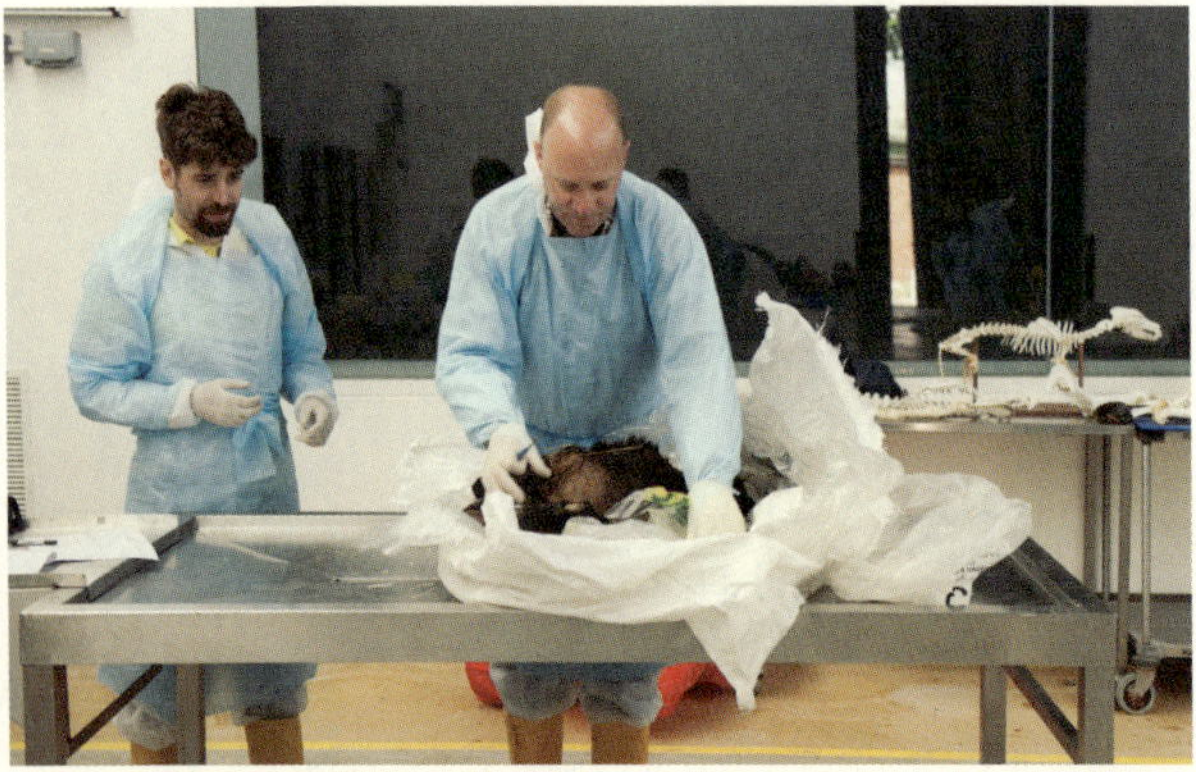

腰が引けるトーマス

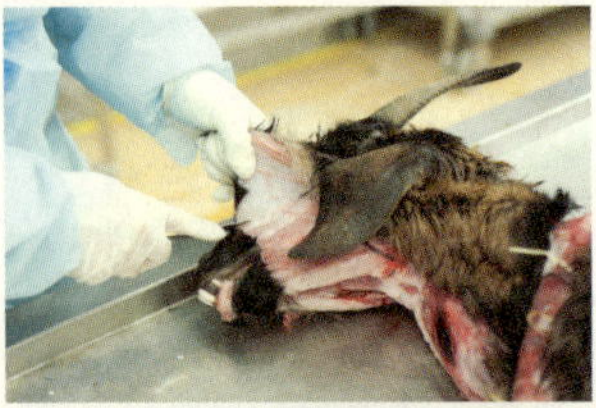

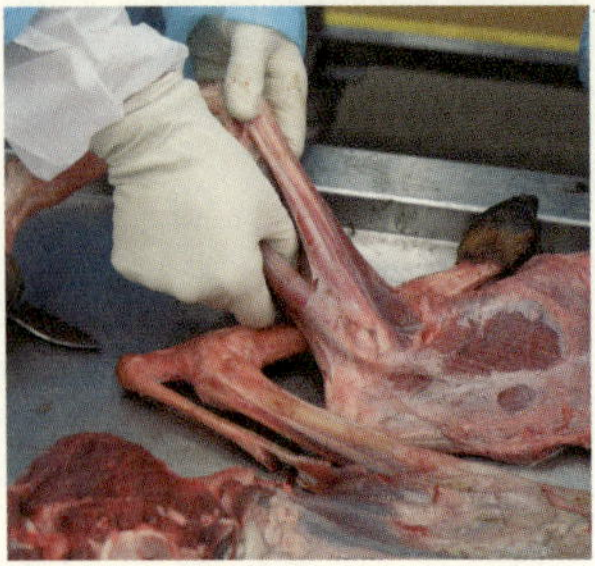

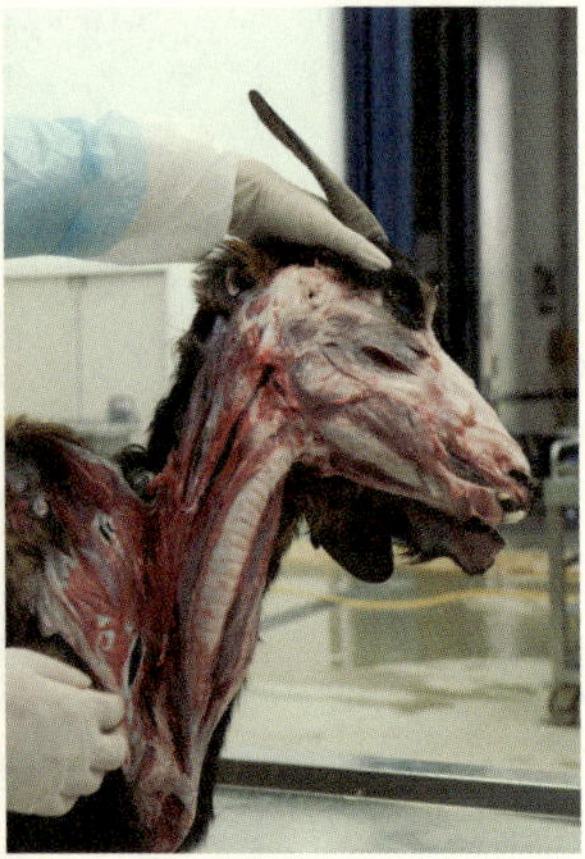

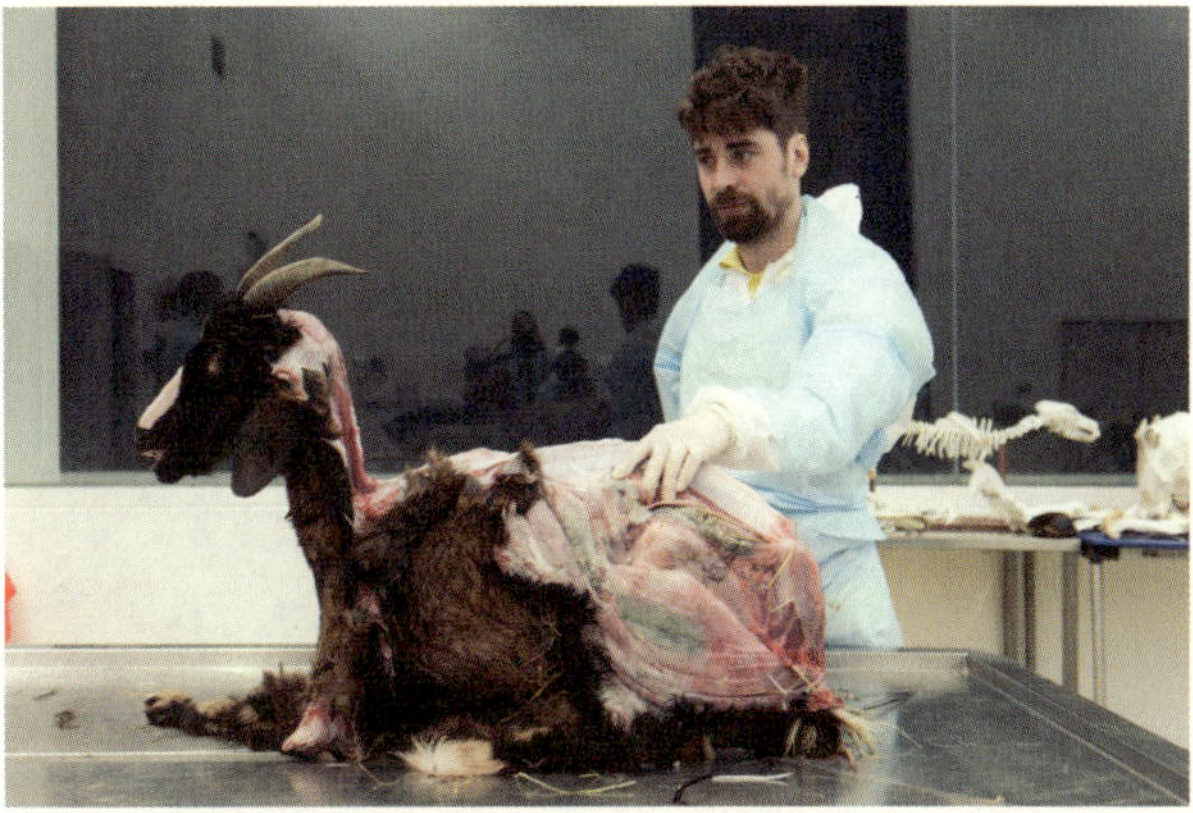

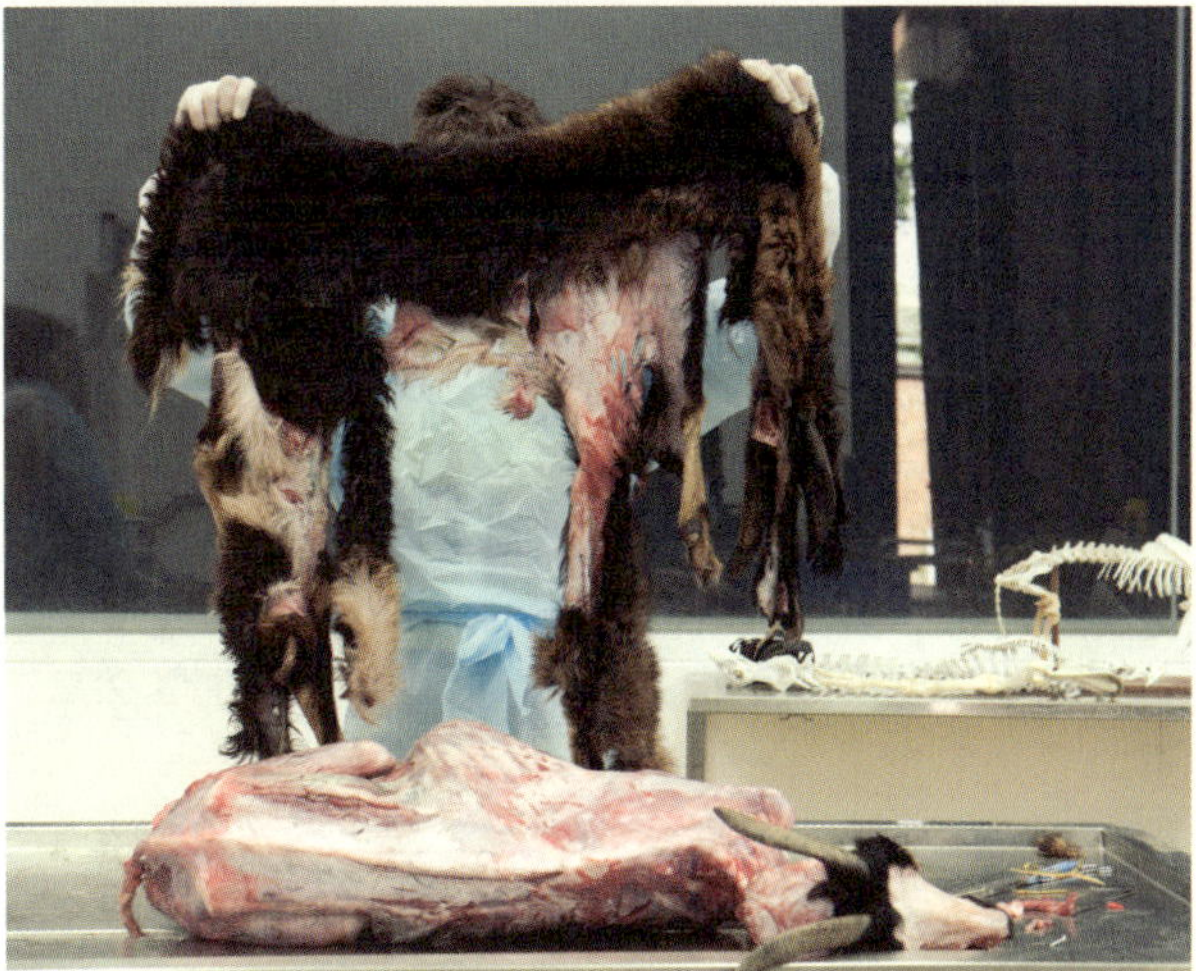

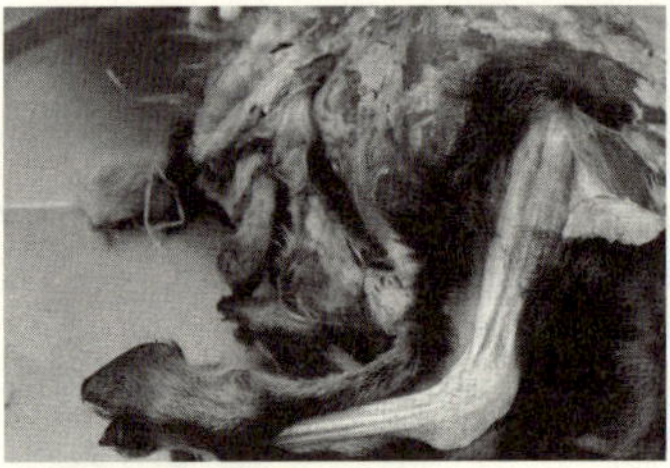

手を蹄にするには、中手骨を長くして、指同士を結合させる

と骨のゆりかごで守られた内臓という相互接続システムとなり、そして再び見慣れた姿になった。それは、精肉店とかスーパーの冷蔵の棚で見る、分離された臓器とか、脚の一部ってことさ。

さて、僕は相当の恐《こわ》がりだものだから、かわいそうなヴィーナスが切られていくことには絶対に耐えられないだろうと考えていた。友人のサイモンが撮影したビデオをあとで見直すのはムリだと思うけど（特に、ヴィーナスの口のあたりの皮膚を剥がして、割れた唇の筋肉を露出させた場面）、実際はそう悪くはなかった。それでも僕にとっては、本当に奇妙でとんでもない経験だった。もちろん、部屋のなかにいた生物学者達にとっては、手慣れた作業だろう。僕達がヴィーナスを解剖している横で、別のグループはアルパカを解剖していたのだけれど、途中でそのアルパカが結核で死んだのではなんて言いはじめたんだ（幸運にも、その推測は外れていたし、その時部屋のなかにいた全員が隔離されなければならないということもなかった）。あるグループは、大きくて、真っ白で、ふわふわのグレートピレニーズの検死をしていた。

技術者が弓のこを使ってヴィーナスの頭蓋骨《ずがいこつ》を開いた時は、ちょっときつかった（骨に当たる弓のこの音が、なぜだか僕を動揺させるのだ）。そして二日目の終わりには、ヤギと腸の内容物、血液の鉄臭さ、解剖室の消毒剤の臭《にお》いに僕は辟易《へきえき》してしまったのだが、その恐ろしさのすべては、ヤギの解剖を見学するという興味深い経験で帳消しになった。それは、ヴィーナスの体がどれだけ繊細な機械のように作られているかを教えてくれた。ヴィーナスの骨の一本一本は、複数の目的に最適化された形をしているように見え、できるだけエネルギー効率に無駄のない可動域を作るよう、筋肉と筋に接続されていた。工学的に言って、僕自身の解剖学的構造と馴染むシステムを設計し、ヴィーナスの精巧さに近づくことは、ええと、**絶対に無理です**。

ハッチンソン教授は、ボストン・ダイナミクス社が国防総省国防高等研究計画局から資金を得て作った四足歩行ロボットを見たことがあるかと僕に尋ねた。うん、見たことあるよ、すっげえ怖いやつだよね、あれ。

「そう、四足で走り回るロボットを作る試みで、やっとそれが可能になってきたんだ

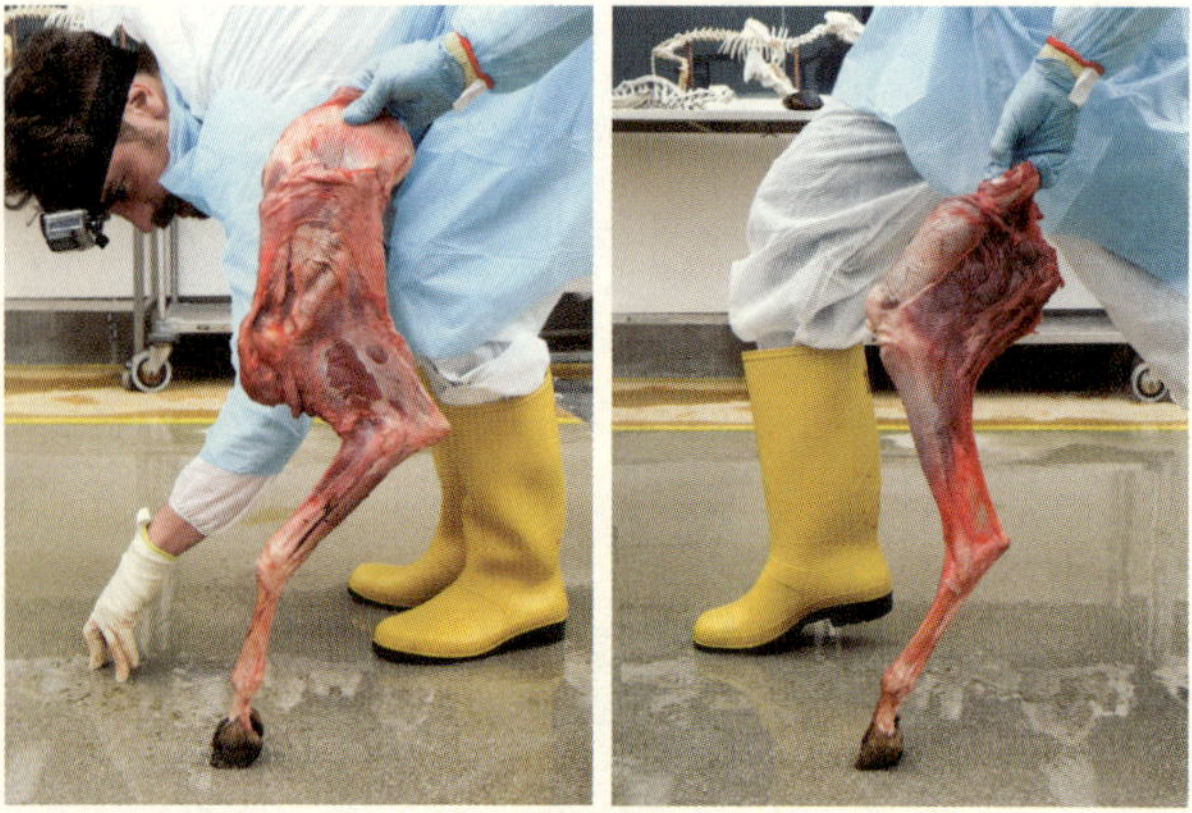

比較解剖学

が、これは百年以上にわたるロボット工学研究のたまものなんだ。そしてあれは、ゼロから設計された。制限要因だってある上に、実在する体に馴染む装具を作るということは、あのロボットの設計以上に難しいことになるだろう」

ハッチンソン教授は、新しい恐竜の発見と教授会出席のため出かけなければならず、大学院生のソフィー・レグナルトと獣医師のアレクサンダー・ストールに後を託し、僕は彼らを手伝うことになった。ソフィーは膝を集めている。彼女は博士論文のためにヴィーナスの膝を欲しがった。彼女は様々な外来種の膝を持っているけれど、年老いたヒマラヤヤギの膝は持っていないのだ。

ヴィーナスの脚を切りとると（そしてソフィーは大事な膝を切りとった）、僕はジェフが指摘したことをようやく理解することができた。ヴィーナスの胸郭は彼女の前脚の間に筋肉のスリングで吊《つ》り上げられたような状態になっていて、そこには骨の関節がなく、頭を下にして岩から飛び降りるのにはとても便利な適応だった。ストール医師の言うように、「人間の体にそういう衝撃を加えると鎖骨が割れますね。ヤギに鎖骨がないのは、それで問題ないからです。ヤギは走るのが仕事で、ショッピングバッグを持つ必要はないですから」

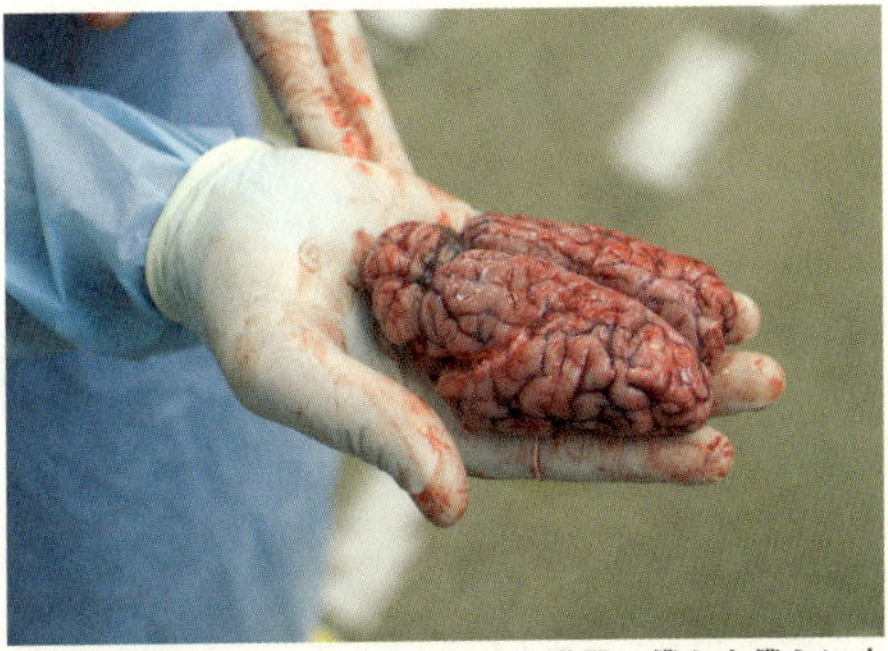

ヴィーナスをヴィーナスたらしめた臓器。僕らを僕らにする臓器の約10分の１の重さ。

しかし、僕らが作業を続けていくと、生物学の怖《おそ》ろしげな専門用語のなかに、ヴィーナスと僕の、そしてもちろん僕らすべてのほ乳類と、地球上に存在するすべての生きものに共通する、両端に開口部のある肉の管という基本的な用語があることがわかった。そして僕らの管にぶら下がっているのは奇妙で素敵な付属器官で、それらは管を動かしてもっとたくさんの食べ物をずっと奥まで入れて、僕らを長生きさせ、そしてもっと管を伸ばすのだ。金魚も、ヒヨコも、タコも、クモも、鰓曳《えらひき》動物も、ディプロドクスも、僕も、君のお母さんも、僕のお母さんも、象も、ヤギも、そして残りのほとんどの生きものが、左右相称動物というカテゴリに入るのだ。僕らは、九十九パーセントの動物が属する左右相称動物であり、そしてその大部分に口と肛門《こうもん》があるという特徴を共有している。二つの用途に使用する開口部が一つしかない扁形《へんけい》動物は別だ。

ということで、僕らは相同構造という共通のデザインを持っているけれど、僕が学んできたことをまとめると、面倒なことは、どうもその細部にあるようだ。ヤギと人間にはいくつも共通点があるものの、僕らの系統は五百万年前に分岐している。僕らは**二足歩行の動物となり、蹠行性を持ち、ショッピングする雑食動物**に進化した。一方でヤギは**四足歩行の動物となり、割れた蹄を持ち、蹄で歩き、走行性の反芻動物**となった。僕らはより大きな脳を持っているが、ヤギは脳の足りない部分を、何で補ったのか……。

第4章　内臓　Guts

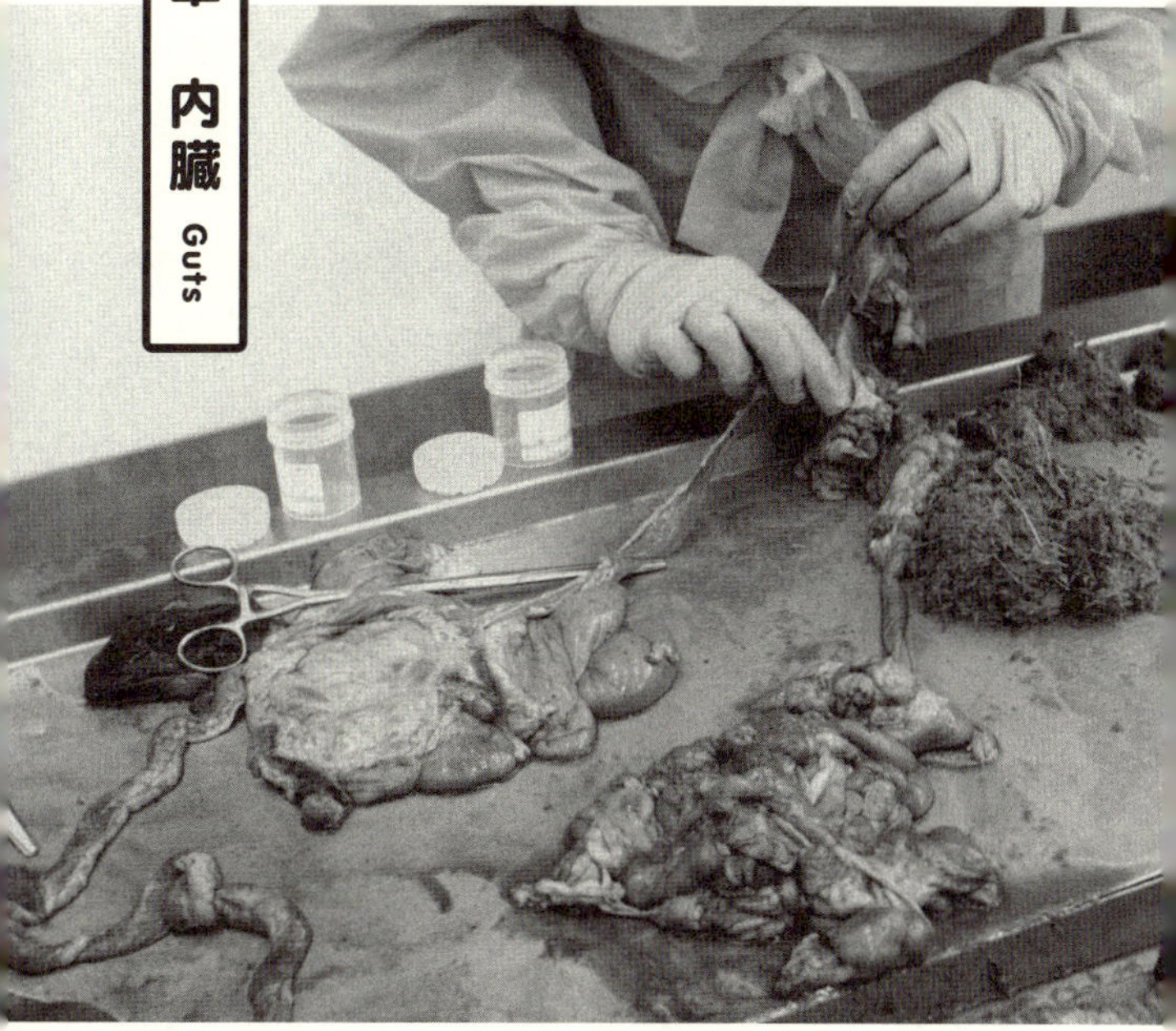

それにしてもたっぷりあるね。

猫の皮膚を剝《は》ぐ方法と、ヤギの解剖をする方法はたくさんある。ストール医師が選択した方法は、僕らはみんなただの管とその付属器官であるという事実をエレガントに明らかにした。ほんの数回の切り込みと、**ジャジャーン**という身振りで、ヴィーナスの内臓は、舌から肛門《こうもん》まですべて、別々に切り取られていった。彼は内臓を引っ張り出すと（本当に**たっぷりの**内臓）、僕らはその繫《つな》がった大きなものを他の台に移した。

ソフィーは親切にも僕に、胸元に塗るタイプの風邪薬を差し出してくれ、消化管の検査をはじめる時の臭《にお》いをやわらげるために、あごに塗るように言ってくれた。よく知られているように、ヤギの優れている点はギャロップと山をよじ登る能力であるけれど、食べ方もそのひとつで、僕はヴィーナスの解剖では、その部分に特に興味を持っていた。ヤギはなんでも食べるという僕の考えをマックエリゴット博士は否定したが、ヤギはアルプスの丘にある高山植物など、多くの種類の植物を食べるのだ。僕はこの能力をどうしても身につけたかった。

　ストール医師は、ヴィーナスの内部をこれらの食物が通り、そしてヴィーナスの肉体になっていく道を辿《たど》る。舌からはじまり、ヴィーナスの喉頭《こうとう》を過ぎて、食道を抜け、腹腔《ふくこう》の中に残っていた食べ物を追跡する。**ヤギは上部消化管で消化する生きもので、紛らわしいことに、四つも胃がある。**ヤギが余分に胃が必要になった理由は、他のほ乳類すべてと同じく、セルロースとリグニンを消化する酵素を作り出す能力がないからだ。ヤギの食べる植物のほとんどがセルロースとリグニンから作られていることを考えると、これは設計ミスのように思われる。

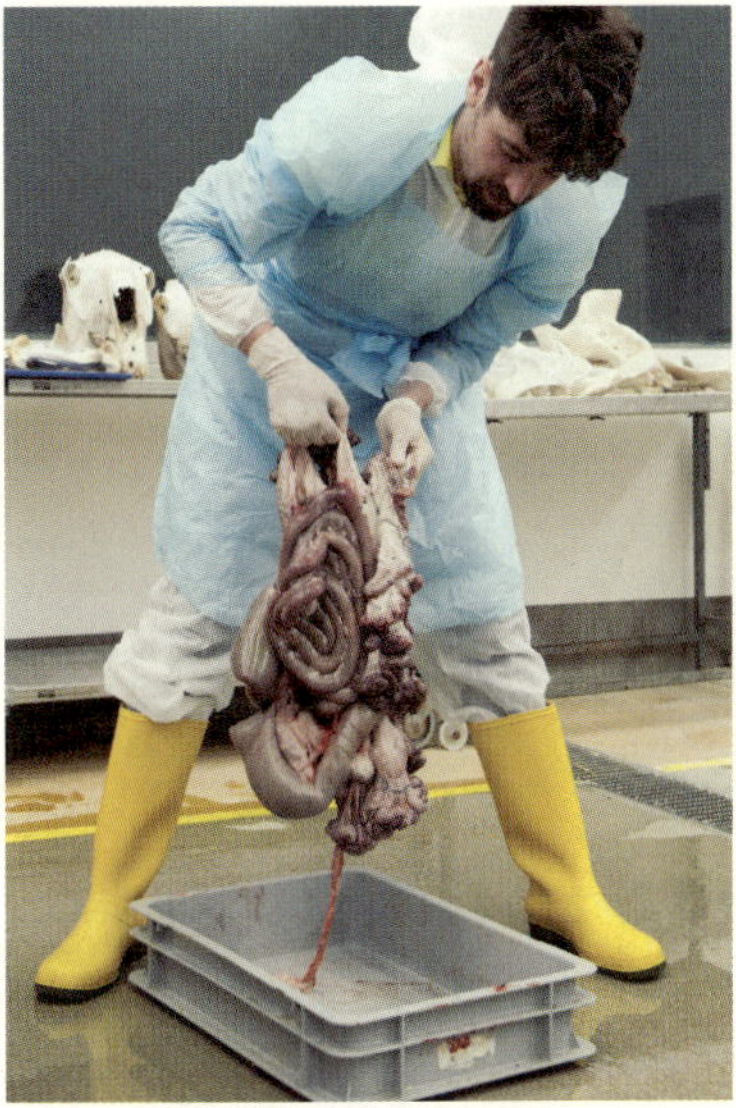

ヤギの内臓＝微生物農場

　一方で、多くの微生物がこれらの酵素を合成することができる。ということで、ヤギやその他の上部消化管で消化する動物は、**微生物との共生関係**を築いた。微生物が生存できる場所を内臓のなかに作り出し、そこで頑固なセルロースとリグニンに微生物発酵で対処するのだ。しかしながらこれはとても時間のかかるプロセスなので、この発酵を可能にする時間と場所が必要で、僕らの解剖台の上には四つの胃が並んでいるというわけだ。

最初の二つが、第一胃と、第二胃だ。第二胃は少し小さめで、第一胃の上にある行き止まりの小袋。反芻《はんすう》動物が咽《のど》まで逆流させて再び草を噛《か》む前に、反芻するべき草を貯《た》めておく場所である。一度飲み込まれているということは、微生物がすでに内容物に働きかけ、草を柔らかくしてあるということ。これにより、第一胃に再び戻る前によりしっかりと噛むことができ、そうすることで微生物がもう一度、分解できるようになる。

「第二胃は人間の盲腸と同じじってことですか?」と僕は聞いた。

「いいえ」とストール医師は答えた。

ソフィーが第一胃を切開すると、茶色いスープのようなものが、**ヴィーナスの最後の食事**（見た感じ、草を食べたみたい）と一緒に流れ出した。これが「ルーメン（第一胃）液」で、ここにはバクテリア、真菌、原虫など、多くの微生物が含まれていて、それらが一緒になって、人間ができないことを反芻動物に可能にさせている。それは植物に含まれるセルロースの分解だ。

「第一胃と第二胃は大きな内部発酵室のような働きをするんですよ。なかに住んでいるバクテリアがすべての仕事をします」とストール医師は説明してくれた。「第一胃のなかのバクテリアが酵素をつくり、酵素が草を揮発性脂肪酸というものに変える手伝いをするんです。草の中のセルロースはほ乳類にとって消化しにくいものですから」

「第一胃の次はどこにいくんですか?」

「第一胃の次は第三胃（葉胃）ですね。本を開いた形に葉のようなヒダがあって、ふるいのような役割をしているんです。小さな欠片《かけら》だけを通して第四胃（皺胃《しゅうい》）に送ります。第四胃が人間の胃にあたるものです。第四胃には人間の胃に似通った酸がありますし、適切に分解をします」

これらすべての働きは大きな脂肪質の組織、「網《もう》」によって包まれていて、ストール医師によるとこの網がとてもおいしいギリシャソーセージになるのだそうだ。

第一胃とその定住者がいない人間にとって、セルロースは食物繊維だ。そして、腸の動きにとって大切であるにもかかわらず、消化のプロセスでエネルギーを提供することなく胃を通り抜けるのに対して、反芻動物にとっては重要な栄養源なのだ。ヤギ

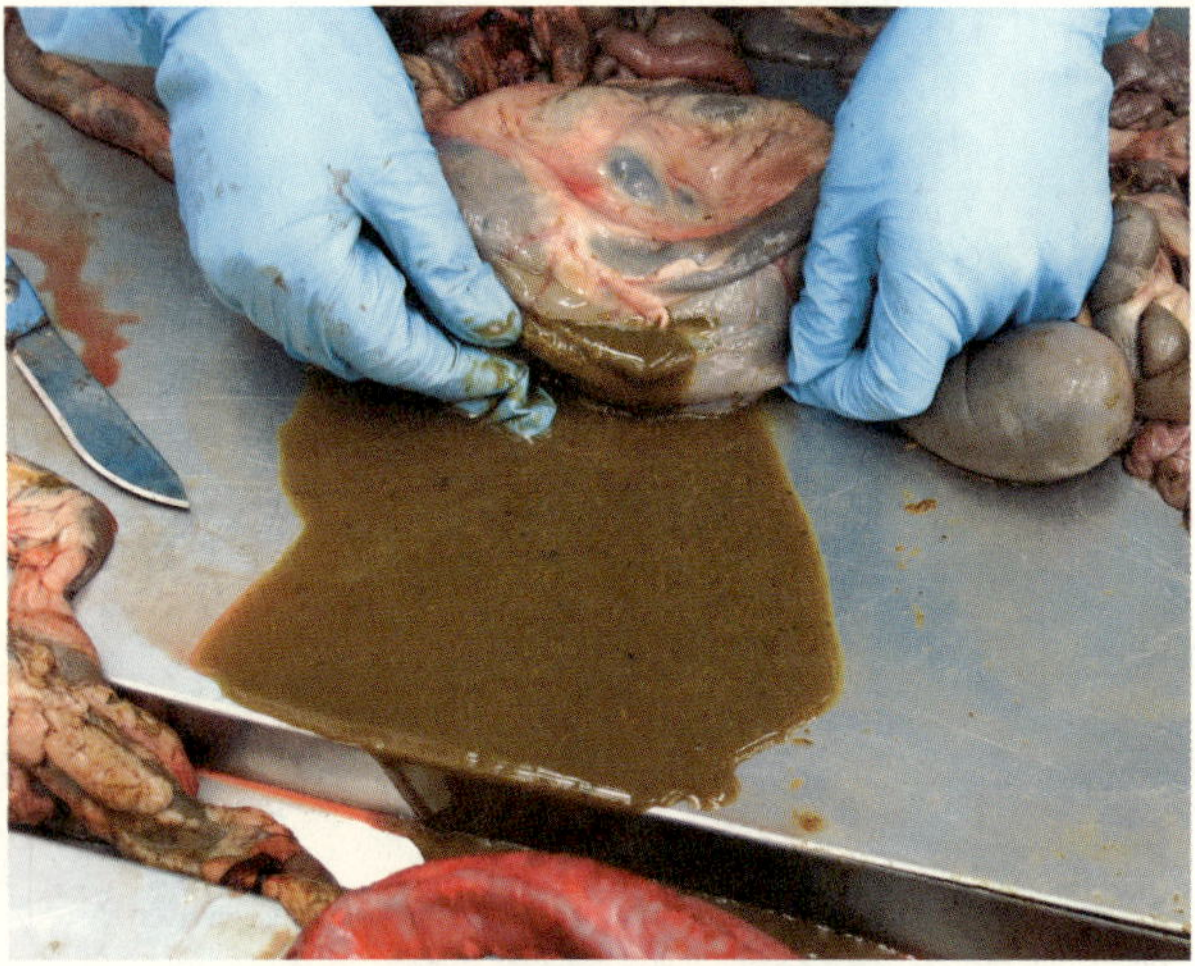

ヴィーナスの第一胃と大事な第一胃液

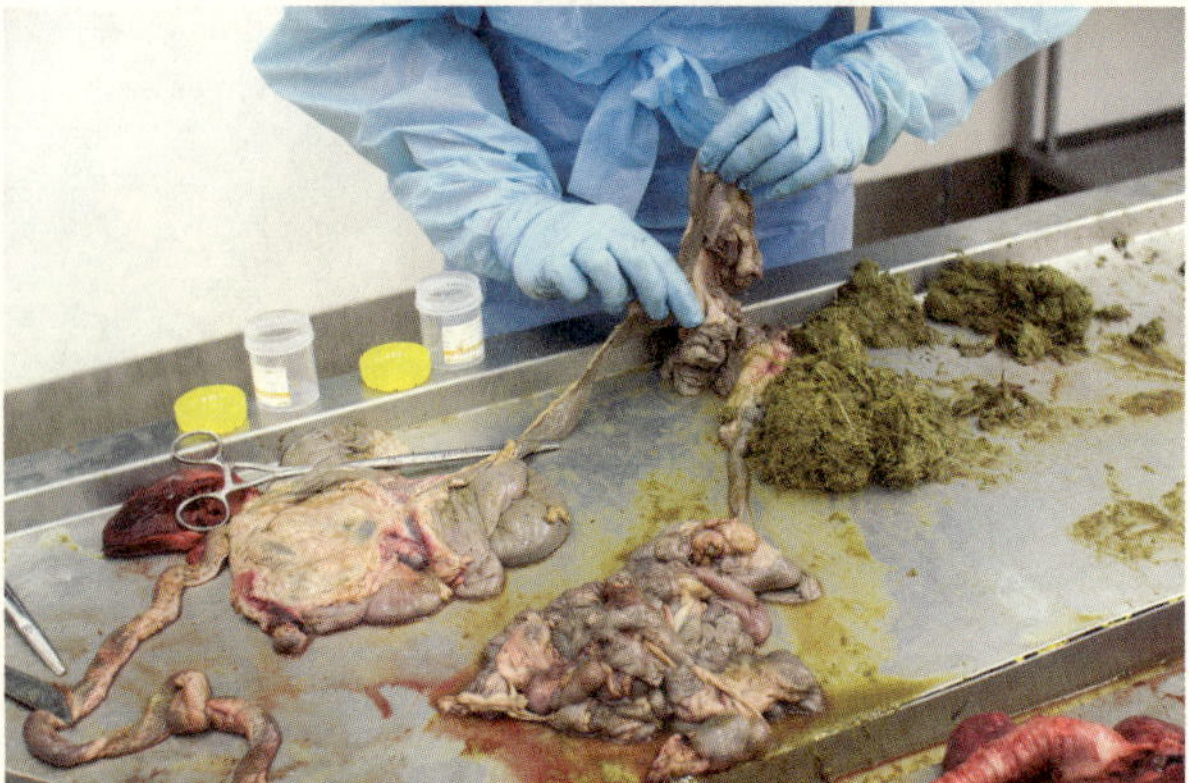

腸の絡まりを解こうとがんばっているところ

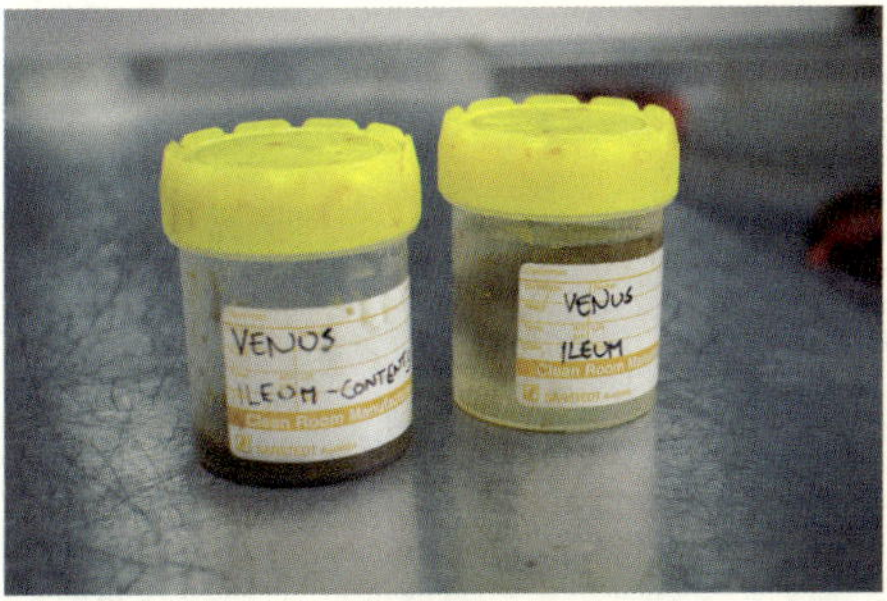

ヴィーナスの消化器官の組織片

はある意味お腹《なか》のなかに農場を持っているようなもので、大量の草を供給することで、第一胃のなかで微生物を育て、それにより、栄養価の高い揮発性脂肪酸を何倍も生産できるようにしている。これらは第四胃へと、多くの微生物と一緒にフィルター処理して送られ、そこではじめてヤギは収穫物を胃酸で消化するのだ。**ヤギは草を食べ、微生物が草を分解し、ヤギは微生物の生産物を消化する**のだ。

ヴィーナスの消化管ツアーは腸に入った。ソフィーはそれをハサミで切開する前に風邪薬を胸元にたっぷり厚塗りしろと僕に言った。ヴィーナスの腸に入っていたものは、第一胃の中にあった液のようなものではなかった。それはもっともっと固まっていて、もっともっとアレに近かった。

ストール医師は後で顕微鏡を使って致死性のヨーネ病の検査をするために、腸壁から二つの小さな塊を切り取った。それで終了だった。

ヴィーナスが解剖室に運び込まれた時、彼女は潜

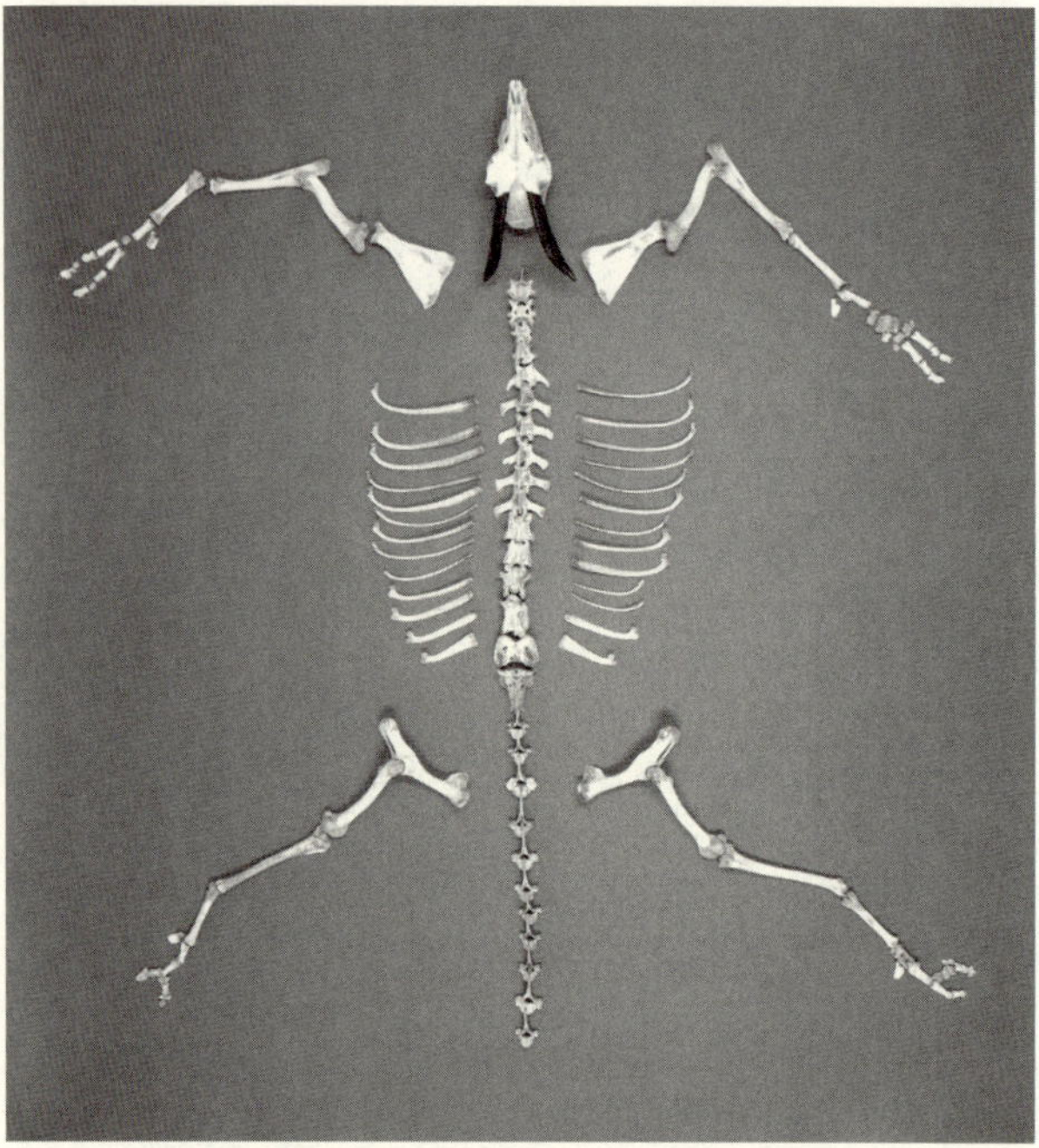

どの骨がどの骨にくっつくのか、トリッキーだ……

在的有害物質としてカテゴライズされていたので、彼女の体の残りは焼却炉で燃やさなくてはならない。しかし片付けをしている僕達に、隣の研究室の技術者が特殊な洗浄システムを使用して骨を加工処理することを提案してくれた。数週間後に研究室に戻ってくれば、骨を持ち帰ることができるらしい。僕は少しの間考

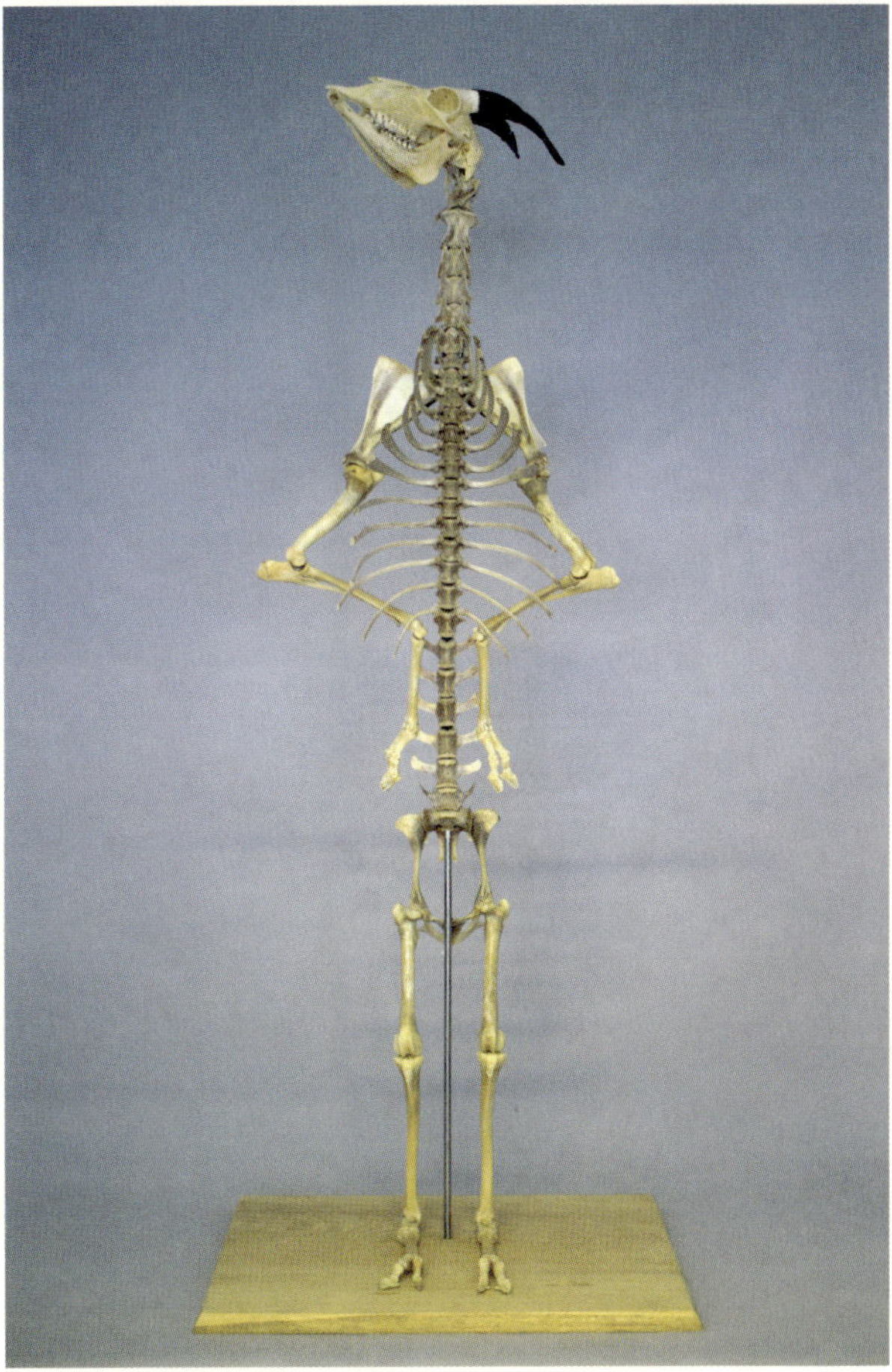

もしヴィーナスが僕らのような人間だったらどんな女性だろうと想像した結果

えた。もし僕がヴィーナスの骨を組み立て直したらバターカップの人達は怒るかなあ？　個体に比べたら骨なんて感情に訴えるもんじゃないよね？　彼らの現代アート嫌いを加速させちゃう的な……。

「ええ、それはうれしいですね。面倒でなければ、是非」と、僕は答えた。

「いえいえ、全然。骨を組み立てるのは面倒だと思いますけどね……」

＊　　＊　　＊

たとえばスイスでフォンデュレストランの場所を探し続けなきゃならないなら、人間の悩みから解放されることなんて無理だ（そしてそのフォンデュの支払いについての心配があるなら）。ということで、僕は草を食べる方法を見つけなければならなかった。そして単に食べるだけではなく、消化もしなくてはならない。食べるだけなら誰でもできる。悲劇的なことに、一八四〇年代に起きたアイルランドのジャガイモ飢《き》饉《きん》の間に餓死した人々の口は、それまでに食べた草で緑色に染まっていたという。その草はまったく役に立たなかった。僕ら人間はセルロースの消化に必要な胃と微生物という重要な組み合わせを持っていないからだ。

もちろん人間にも腸と微生物のセットは備わっていて、人間の腸内には微生物叢《そう》が住み、消化に一役買っている。自力でセルロースを分解できるようになるため、僕が考えた最初のアイデアは、ヤギの消化管から微生物を取りだし、**便微生物移植と呼ばれる技術を用いて僕の腸内に移植する**ことだった。これは通常、患者の体内の機能してない腸内微生物を健康な人の微生物に置き換えるために使われる処置だ。だから、ヤギの腸内から微生物を移植することで、**僕にもセルロースを消化するヤギの能力が備わる**と思ったのだ。

ただし、それがヤギのフンを浣腸《かんちょう》するみたいにシンプルな方法で実現できればの話。ヴィーナスを解剖してみて、ヤギの体内では、セルロースが消化可能な生産物に分解されるのは、人の腸内細菌が存在する胃腸に到達する前の段階だということがわかった。僕に必要なのは、もちろん、人工の第一胃を作ることだ。酸《す》いも甘いもかみ分けた僕なんで、人工第一胃をつくるのはどうも不可能らしいということはわかっている。でも調査の結果、アベリストウィス大学の草食動物胃腸エコシステム研究所が、そういうデバイスを使っていることがわかったのだ！　僕は、研究所のリーダーのアリソン・キングストン＝スミス博士と電話で話をすることができた。彼女の研究グループは反芻動物の第一胃のなかで何が起きているのか解明しようとしており、彼女のプロジェクトは、植物細胞が摂取・分解され、消化されることによって、どのように反応するのか研究していた。ずいぶんマニアックな分野のように思えるかもしれないけれど、ヤギや牛のような生きものの第一胃の中にある植物の発酵過程では、強力な温室効果ガスであるメタンガスが発生する。飼育されている反芻動物のゲップは世界最大のメタンガスの排出源であり、家畜からの排出は温室効果ガス排出量の十八パーセントを占め、世界中の車、船、飛行機、電車から排出される量より多い。植物が第一胃でどのように消化されているか解明できれば、飼料を変えるか、あるいは第一胃の微生物を調整することによってメタンガスを減らしたり、完全に排除することができるかもしれないのだ。言うまでもなく、単に飼料を動物性に変えられるように第一胃をより効率的にすればいいのだ。世界の食肉需要が二〇五〇年までに三倍になると予測されることを考えると、第一胃のガス排出量の削減と効率の向上は、たとえわずかな変化であっても、環境に大きな影響を与える。僕は平日だけでもベジタリアンになろうと思う。

僕のプロジェクトの大がかりな理論的基礎を説明した後、キングストン＝スミス博士と具体的な話をした。

「僕が考えていたのは、ヤギのルーメン液をもらえないかなって……」

「ええ」

「それを発酵槽のような、例えば大きな袋のようなものに……」

「ええ」

「それからそこに草と葉っぱを入れまして……」

「はあ」

「そしてルーメン液の微生物を培養するってわけです……」

「それは私達が行っていることとまったく同じですね」と、キングストン＝スミス博士はあかるく言った。

「よかった！　僕、間違ってなかったんですね！　それで微生物が培養されて、草が発酵して……」

「うんうん」

「そしたらその袋を僕の胴体に縛り付けて、開口部から噛んだ草をそこにはき出して培養された微生物と混ぜて、揮発性脂肪酸をもう一つの開口部からミルクシェイクみたいに出して、そうすることで僕が自分の本物の胃で消化できるようにして、アルプスでヤギみたいに草で生活することができますよね」

「いやいやいやいや、私だったら**絶対に**やらないわ」

いいところまでいっていたのに。彼女はなぜだか重々しい声で続けた。

「その提案には……安全性の問題がありますね。最新の研究で、私達はルーメン液の一部に、予想していなかったものを発見したんです。その一部は人体に有害なんですよ。反芻動物は、バクテリア、真菌、原虫、アーキア、それから何種類ものカテゴリに属する微生物からなる複雑な混合液を発展させてきたんですよね。つまりそこに何が入っているのか、我々も完全には解明できていないんです」

「そうですか。なるほど」

「何百種類、もしかしたらもっともっと多い数の種がいるはずです。過去十年から十五年の間に分子ツールを使って、母集団構造がどれだけ多岐にわたっているのかを調べてきたんです。そして我々が予想していたより、事情はより複雑だとわかってきたんですよね」

「なるほど」まあ、よくあることだよね。

「だから、わかっていないことがたくさんあるっていうことなんです」

「そうですよね……」

「そうなんです。だからあなたが目指しているところはわかりますけれど、安全性という観点から言えば、私は、強く、反対します」

概して僕は自分を健康な男だと思っているから、想定されるリスクなんてものに尻《しり》込《ご》みするようなタイプじゃない。だからヤギの第一胃で培養された液体をちょっと飲むぐらいのことで、いつもの僕は不安になったりしない。だってさ、僕ら人間の胃酸は細胞を攻撃して分解するんだぜ。それが動物だって、野菜だって、バクテリアだって。だから僕は、僕の提案する人工胃のなかで培養したバクテリアも、僕の胃のなかにある胃酸が消化してくれると思うんだ。実際に、第一胃の役割というのは、草を食べた時にバクテリアを成長させる完璧《かんぺき》な環境を供給することであり、バクテリアがセルロースを分解し、代わりにその生成物を得るのだ。

しかし、**手作りのヤギのうんち浣腸**をするという最初の無謀な計画の調査をしている段階で、もちろん、働き者じゃないバクテリアが定着したことで、ひどい下痢や最悪の状態になった人の話は、山ほど読んだ。彼らは便微生物移植による治療をしようとしていたのだ。人間は普段から奇妙でおいしい微生物発酵産物を食べている。ヨーグルト、ザウアークラウト、キムチ、そして言わずもがなの、アルコールだ。そして人間の胃酸は、通常それらの微生物の面倒をみるけれど、時にはそれに圧倒されてしまうときもある（例えばこの前僕が冷蔵庫に数日間入っていたパエリアを温めて食べた時みたいに）。ということで、僕はキングストン＝スミス博士の言いたいことは理解することができた。タンクで数千種類もの未知の微生物種を培養して、それをわざわざ食べるということは、健康面でのリスクを考えると責任がとれないというのだ。ひどい食中毒になるというリスクだけではなく、恒久的に胃腸を衰弱させ得ることもあるということだ。**慢性の下痢が原因で医者に通う**なんて、僕の人生はすごく恥ずかしいものになってしまう。

それに、年老いたヴィーナスの命を奪ったのはお腹の感染だったんだ。ストール医師が彼女の腸管から採取した生体組織を顕微鏡で見て、ヨーネ病の特徴である腸壁の肥厚を確認したけど、その原因となるヨーネ菌は発見できなかったそうだ。しかし、博士の結論は決定的ではない。ヨーネ病であった可能性を完全に否定することはできないし、ヴィーナスは未知のバクテリアの腸管定着によって死んだのかもしれないってことだったのだ。僕はもちろん、一部の科学者が、とても痛くて、今のところ治療方法のないクローン病の原因だと主張しているバクテリアによる感染ケースがなければ、ルーメン液のサンプルを試しただろう。しかし、それでも、タフで新しい、ヤギに特化したバクテリアを僕のデリケートなバランスで保たれている内部微生物叢に入れちゃうとかどうなの……。結果は、キングストン＝スミス博士の言った通り、良好というわけにはいかないかもしれない。

＊　＊　＊

特定の微生物が草をエネルギー源に変えることができるのは、頑固なセルロース分子を分解して消化可能な糖に変える、セルラーゼという特定の酵素を生成するからだ。この能力はヤギにとってのみ有益というわけではない。セルロースは自然界で最も豊富に存在する炭水化物である植物細胞壁の主成分だ。今後、セルロースからバイオ燃料を精製することへの期待は高まっているくらいだ。わら、トウモロコシの皮、材木（あらゆるタイプの繊維質の農業廃棄物）を発酵させ、糖に変え、そしてアルコールにするのだ。実験的に行われている方法の一つが、植物性廃棄物とセルラーゼを混ぜるという方法である。このセルラーゼは、トリコデルマ・リーゼイという、セルラーゼを多く作ると考えられるバクテリアから抽出されるものである（このバクテリアは最初、第二次世界大戦中のソロモン諸島で、米軍のテント生地に繁殖していたところを科学者達に注目された）。セルロースから酵素によって変換されたバイオ燃料は、産業界の大きな希望である。農業廃棄物を糖に変え、そしてそれを燃料用アルコールに変えることができたら、その時はゴミが燃料になるってことだ。しかし今のところは、酵素がとても高価なため、コスパが悪い。

バクテリアから抽出されたセルラーゼ酵素は、食品業界でも同様に利用されている。果汁を搾《しぼ》った後の果物の繊維質と混ぜ合わせて、その繊維を糖に変え、そして果実の全《すべ》てを、可能な限り、美味《おい》しくて、酵素によって液状化されたジュースに変えるのだ。これ食品業界で使われているってことは、人間が食っても安全だろ⁉ ということは、人工の第一胃にこれと同じ精製されたセルラーゼ酵素を使い、草の中にあるセルロースを糖に変え、アルプス滞在中にはそれで栄養を取ることもできるってことだ。理想的じゃないけれど（なぜなら、僕の人工第一胃はこの酵素の注射に依存することになるから）、いいことだってある。最も大切なのは、怖《おそ》ろしい寄生虫感染の可能性というリスクを避けることができるということだ。それは生物由来の洗剤を食べるようなもので、食べ過ぎたら病気になったり死んだりするかもしれないけど、体の中に寄生するようなことにはならないんだから。

セルラーゼ酵素はとても高価だし、工業製品であるため、工業用の分量で販売されている。でも、二百リットルならばお値打ち価格で販売している業者のウェブサイトを見つけたのだ。サイトには公的機関に所属する研究者以外への販売は、原則として行っていないとあった。**僕だって研究者でしょ**、一応。僕の研究課題は、なんというか普通じゃないし、たぶん業者が言っている意味とはズレがあるけど、でも、なにが研究で、何が研究じゃないかなんて、誰が決めるの？ 僕はただ研究をやっているという四角にチェックを入れて、研究機関の名前を書いて、それで終了。プリントアウトしてポストに投函《とうかん》。

＊ ＊ ＊

いよいよ僕は旅の支度を始めた。ヤギ飼いを見つけて連絡し、アルプスを越えるルートを確認すること。それから人工の第一胃をシリコンで成型することだ。それはU字形の袋で、僕が噛んだ草を吐き出すためのチューブが差し込まれていて、もう一本のチューブから、酵素で分解された糖の入った生成物を吸い上げることができるようになっている（希望的観測）。また、真ん中にはセルラーゼ酵素の貯留層もある。

事はみるみる進み始めた。ヒース医師が僕に連絡をくれ、脚が出来上がったので最後の試着に来てくれないか？ ということだった。僕は電車に飛び乗った。それは僕が期待していたものとは随分違ったんだけど、とりあえず両腕に装着してみた。前脚はしっかりとしたものだった。後ろの短下肢装具は、見た目は女の人のはくウェッジヒールのようなもので、それは実際ウェッジヒールだった。

後ろから見ると女装、前から見ると第二次世界大戦後の四肢切断患者だったけれど、しっかり機能していたんだ。作業場の周りを、シャキーンと、かっこよく四足歩行できちゃった！　手を使わないと、着脱はとても難しい。ヒース医師が打ち合わせに行ってしまうと、僕はひとりでそこに取り残されて、まるでヤギのようにとらわれの身となった。お腹が空いちゃってさ。チョコレートバーがあったんだけど、包み紙の端っこを噛んで、頭をブンブン振りまくり、チョコレートバーをふっ飛ばさないと食べることができないよね。作業場の床からチョコを拾い上げるには、手首を曲げて前脚を床にまっすぐ伸ばして腹ばいになり、チョコレートバーを歯で噛むことができる位置まで唇を持っていかなくちゃならない。もちろん、僕がもっと長い首を持っていたら楽だろうけど、まあ、なんとかなるんじゃないかな。ヒース医師が戻ってきて僕が四苦八苦している姿を見れば、まだ包み紙に殆《ほとん》どが包まれている状態のチョコレートバーを床から拾い上げて僕に差し出してくれるだろう。**最高にヤギの気分さ**（※1）。

最終的な調整を終え、僕は、旅の無事を祈ってくれたヒース医師とジェフにお礼を伝えた。

「死ぬんじゃねえぞ」とジェフが言った。

＊　　＊　　＊

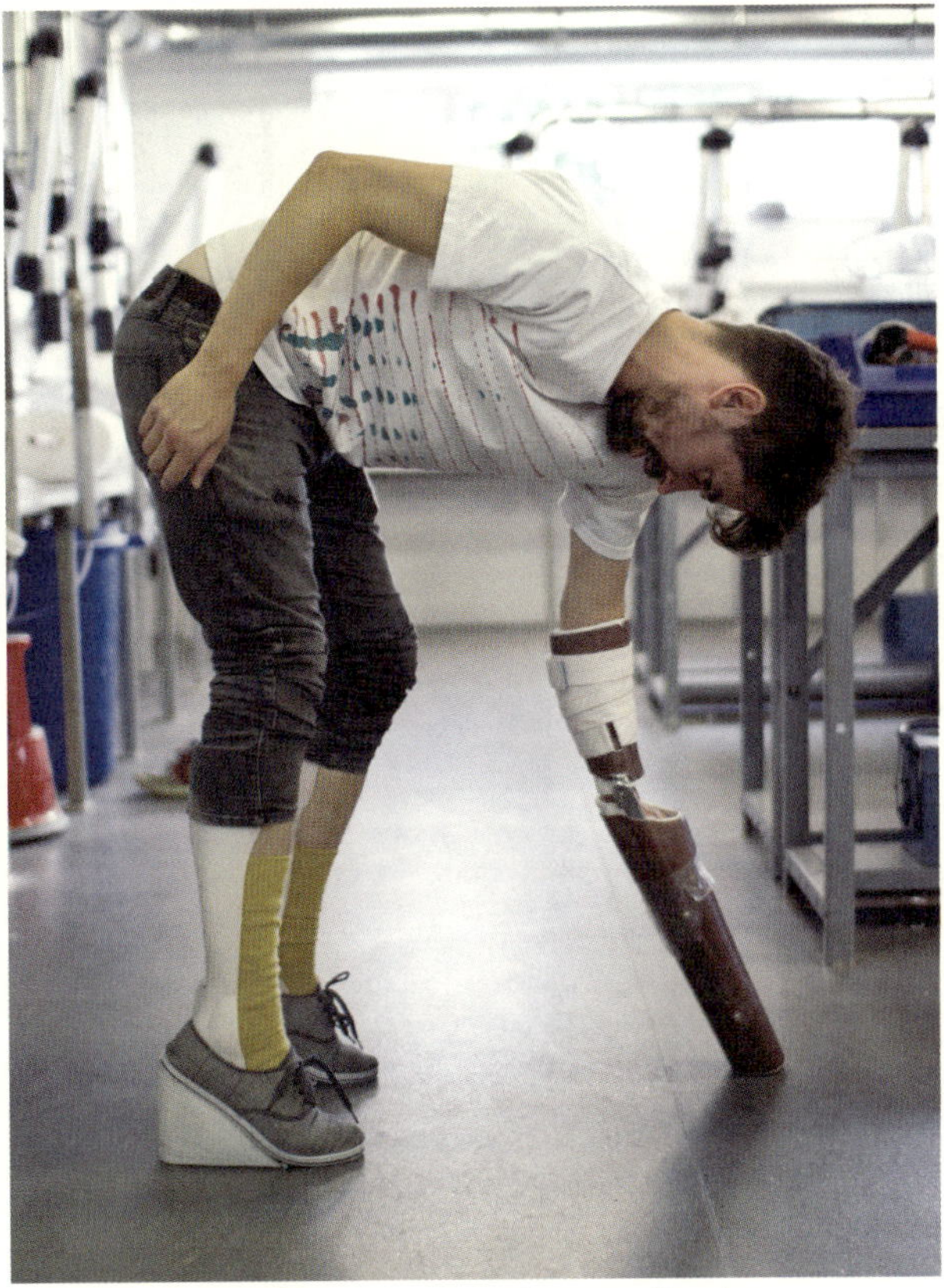

カシャーン！（ちょっと女装っぽいけど……）

出発の日が近づいていた。僕は夜遅くまで、女装っぽく見えなくて、もっとゴツゴツした、エネルギーがみなぎってくる感じの後ろ脚用の短下肢装具で、同時にサポート機能を備えたベストのようなものを作っていた。そして、僕がアルプスで強い風雨にさらされて凍死するのがイヤならといって、母にヤギのパーツにぴったり合うような防水コートの製作を手伝わせた。光るピンクのポリエステル製の一作目は、ますます**女装したヤギ**だったので、母にはもっとヤギっぽい色で作るように頼んだ。

セルラーゼ酵素も到着したので、僕はそれを貯蔵マニュアルに従って、冷蔵庫に入れた。ただ、そのボトルには警告文がいくつか載せられていて、人間が口に入れることは安全ではないとあった。保身に走っているだけなんじゃね？　僕は業者にメールを書き、僕がやろうとしていることを説明し、草を消化するにはどれぐらいの濃度のものを摂取するのがおすすめなのかと聞いてみたのだ。

短くて厳しい言葉で書かれたメールが戻ってきた。それは「どのような状況下においても、あなたがメールで示した内容を試みるべきではありません」という一文ではじまっていた。そして、いくつもの理由（はっきりとは書かれていなかったけど）で、僕の提案は「重大な健康上のリスク」を引き起こす可能性があるとあった。そしてメールには、申込書とはちがって僕が安全管理基準の整った施設の関係者でないことが

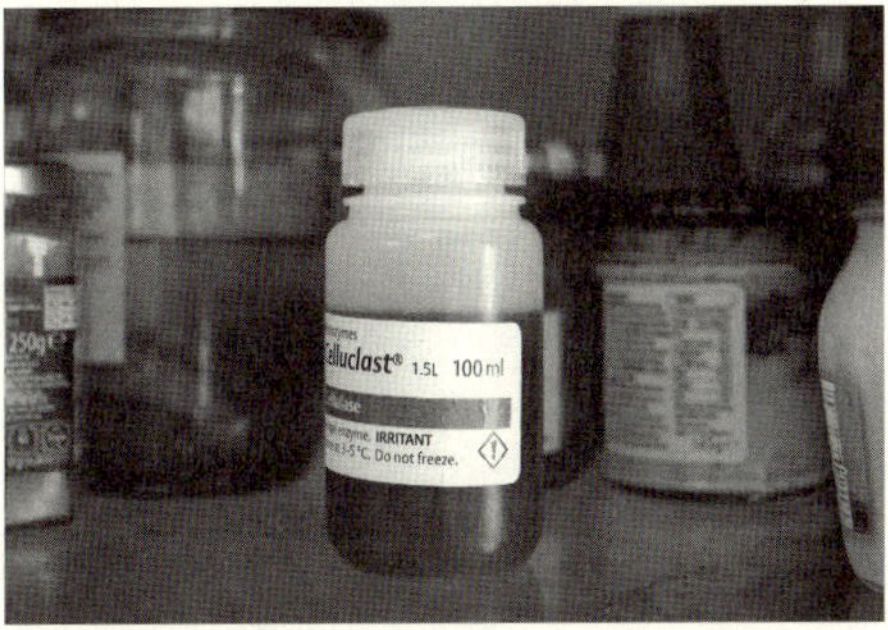

チッ

わかったので、直ちに「十分な水を使って排水溝に流すか、すべてトイレに流して廃棄すること」と書いてあった。

翌日、ウェルコムトラストから連絡が入った。酵素を販売している業者が彼らにも連絡を入れたようで、とても心配していた。「弊社は専門家の明確な指導なしに、この活動を行うことを支援することはできません」と書いてあった。さらに、業者がウェルコムトラストに渡した僕とのやりとりのなかで、僕が「申請書に記された象のことというよりは、ヤギの話をしているように思えますが……。このメールを受信したことを確認していただき、現状を至急明らかにご説明下さい」ということだった。

彼らは僕が行っているすべての活動を一旦《いったん》保留にして、話し合いを持ちたいという。

あ、そっか。ウェルコムトラストは僕がまだ象のプロジェクトを進めていると思ってるんだ。**ヤギが降臨しちゃった**って言うの、忘れてた。あーあ。アルプス行きの数日前っていう段階になって、これはバッドニュース。象のプロジェクトに資金提供をするとサインしてくれた人達に、プロジェクトはヤギになりましたってなぜ言い忘れたのかはわからないけれど、でも本当のことを言うと、その理由はアネットの言葉が僕には正しいと思えたからなんだと思うんだ。それともいつも無茶ばかりしている映画監督ヴェルナー・ヘルツォークの、許可を得るよりは謝ったほうがいいというアドバイスに従っちゃったのかも。

僕は、なぜヤギが象よりも、芸術的にも、霊的にも、そして知的にも優れた動物であるのかを説明したプレゼンの準備をした。それはとてもうまくいったように思えたのだけれど、ウェルコムトラストはまだ納得していないようで、象と関係なくなってしまったプロジェクトにこれからも協力していくかどうか、社内での話し合いが終わるまで、僕にすべてを保留するように言った。

まいったなあ。タイミング、悪っ。なにもかも全部保留だなんて無茶言うなよなあ。おかしなことに、広告代理店から「世界的飲料メーカーのユーチューブ用コンテンツの製作に興味がありますか」というメールも届いていた。**人間として生きることの辛《つら》さから解放されるためにヤギになるという試みが、彼らのブランド価値と一致するだろうか？**　それがこのプロジェクトを終了することを意味するのであれば、僕自身に烙印《らくいん》を押すことになる。アイタタタ。

しかし、本当にやさしいウェルコムトラストさんが再び連絡をくれた。あの問題の多いセルラーゼ酵素を使わないこと、そして僕がもしプロジェクトの根本的な変更の理由をきちんと説明すると約束すれば、プロジェクトは再スタートを切ることができる、とのこと。

でもセルラーゼなしで、どうやって草を消化するんだろう？　最後の手段として僕は、たき火で使用することができる、軍隊が使う圧力鍋《なべ》を購入した。セルロースの分解のためにバイオ燃料業界が確立した方法について調査するなかで、僕は「水蒸気爆砕処理と酸加水分解」というプロセスを見つけた。それは高圧チャンバー内で植物を加熱し、急激に圧力を下げ、次に希酸を加えて加熱するという方法だった。このプロセスは、糖収量が少なく、熱するために燃料が必要なため、バイオ燃料の製造には実用的ではない。それは、同じ理由で僕にとっても実用的じゃないんだけど、もうどうにもならなかった。僕の新しい計画は、草を噛んで、昼間から牧草地を駆け抜けている間、それを「第一胃」で保管し、そして日中にはき出した草を、夜間にたき火と圧力鍋を使って「水蒸気爆砕処理と酸加水分解」で調理し、食べ、消化できるようにするというものだった。完璧じゃないけど、サイモンに頼んで彼のスーツケースから衣類を減らして圧力鍋を入れてもらうよう頼みこみ、僕らは出発した。スイスのアルプスが僕を呼んでいる。

＊　＊　＊

※1　メエエエエ

第5章　ヤギの暮らし

Goat Life

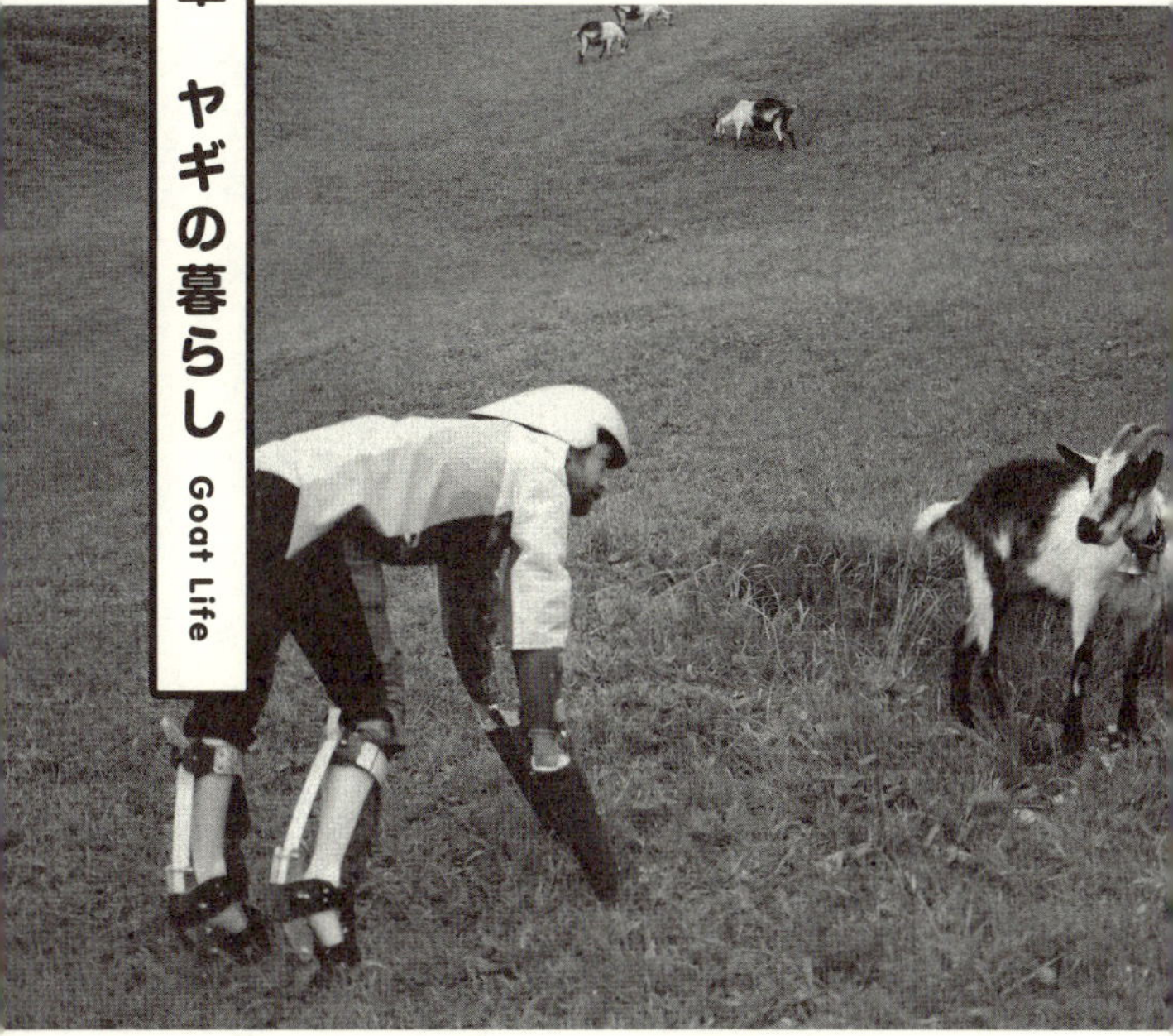

スイス、ヴォルフェンシーエッセン村、バナルプ湖（日差しはあるけれど寒い）

ああ～、スイス到着。**モラルに反する金融テクノロジーの本拠地**、世界最大の素粒子加速器、サウンド・オブ・ミュージックのトラップ家の引っ越し先、そしてメールでずっとコンタクトを取っていた、アルプスの奥深くのヤギの農場がある場所さ。

僕の計画は、アルプスを越える試みをする前に、ウェルコムトラストと関係を修復して助成金の条件を満たすことができるよう、ヤギの生活様式を学ぶことだった。ヤギになって、農場の**ヤギと一緒に行動する**のだ。アルパイン種のヤギとともに時間を過ごすことで、僕自身の外見だけではなく、内面にまで変化が起きることを祈った。ヤギが行く場所に僕も行き、ヤギが食べる方法で僕も食べたりするのだ。

ちょっと不安要素もあって、それはヤギ農場の人には、農場に滞在させて欲しいとは頼んでいたものの、彼らに僕がそこでやりたいことを伝えていなかったことだ。四足歩行用の人工装具を装着して、彼らのヤギと歩き回りたいっていう、そういうこと

スイス。国連の世界幸福度報告によると、
ここは地球でもっとも幸せな国らしい。ふ〜ん。

だ。問題は、滞在を頼むことだけでも、言葉の壁があって難しかったこと。彼らは自分たちの英語は最悪だと言い、僕のスイスドイツ語はそれ以下だった。グーグル翻訳がメールのやりとりには役立ったけれど、ヘンな訳もあったりして、「農場にお邪魔して、あなたのヤギと一緒に草を食べて寝てもいいですか？」なんて微妙な提案をするのに使っていいものかどうか、僕を不安にさせた。

朝の五時、友達のサイモンと、写真撮影のために来てくれたティムと僕は、ロンドンブリッジで待ち合わせた。そしてスイスに辿り着き、僕らはアルプスを登るケーブルカーの最終便に乗り込んだ。アルプスのヤギ農家と僕のコミュニケーションがまったくうまくいっていなかったことが、すぐに明らかになった。山の上のケーブルカーの駅に到着しても、ヤギ農場なんて全然見当たらない。しかしながら、そこには広大な山々の風景が広がっていた。グーグル翻訳によると、ヤギ農場は山の頂上にあり、ケーブルカーがそこまで連れて行ってくれるのだろうと思いこんでいたが、全然違った。僕らは頂上まで登らなければならないらしい。頂上に行くことができる唯一《ゆいいつ》の方法は、すごく急に見えるガレ場をジグザグに登っていくことだった。仕方ない……。しかし僕達が、美しい山の水をたたえたダムの近くを歩いていた時だ。別の道を歩いていた男性と出会ったのだ。僕らがとてもゆっくり、そして大きな声で、頂上にあるヤギ農場まで行くにはこの道でいいのかと訊《たず》ねると、不思議そうな表情で僕らを見た。

イエスと彼は言ったけれど、それを持っていたらたどり着けないとも言った。ヤギの脚その他を詰め込むことができた、最もコンパクトな車輪付きのスーツケースのことだ。サイモンとティムは大きなバックパックに入れた、機器と食料と衣類を担《かつ》いでいた。彼は、農場へ到着するルートには二つの選択肢があると説明してくれた。ひとつめは、とても長いけれどより楽なルート、そしてもうひとつは、とても短いけれど、**ロッククライマー限定**のルートだった。彼は僕らが荷物を持って先に進めば命を落と

スイス人男性に「スーツケースは正しい登山道具ではない」と説教をくらう僕ら

すか、山の斜面で足止めされて夜を明かすことになると断言した。僕らは彼と一緒に小さなケーブルカーの駅に戻った。彼はケーブルカーに乗り、そして……。下山するための最後のケーブルカーも駅を出てしまい、僕らはアルプスの真ん中で、平和と安全、そして弱まっていく明かりについてじっくり考えることになった。

そして再び、僕は友達のサイモンと一緒に、準備不足も甚だしい状態で山の上にいた。

「よし、こうなったらやるしかない。荷物をどこかに隠して、暗くなる前に山を登ろう」サイモンがブツブツ文句を言い出した。僕は辺りを見回して穴を掘るのにぴったりな場所を探していたが、どこからともなく再び別のスイス人が現れた。この男性はとても背が低くて帽子をかぶっていた。僕は自分達が窮地に陥っていることを説明したけれど、最初は理解してくれていないようだった。僕の素晴らしいジェスチャーによるコミュニケーションでチャレンジすると、彼はついに理解してくれ、大喜びで笑うと、湖から繋《つな》がる隠された小道をついてくるように促した。到着した場所には別のケーブルカーがあったが、これは、相当ガタがきていた。「カー」の部分は屋根のない木製の箱で、山頂まで繋がったケーブルはあり得ないほど傾斜がついていた。

荷物を積み込む元祖無計画男

彼は再び笑い、僕を指さしてから、指を振ってダメダメと示し、今度は僕らの荷物を指さし、今度は頷《うなず》き、現れた時と同じように暗いアルプスの森のなかに突然姿を消してしまった。

僕達は木製の箱に荷物を積み込むと、山道を歩き出した。たぶん、この荷物専用車は、僕らが日没前に到達しなければならない場所である山頂から操作されているのだと思う。道程はわかっていたので、小石が多いジグザグの道はとても急だったけれど、一時間も歩くと僕らは高原に辿《たど》りつき、行く先には三軒の建物が見えた。あれが**ヤギ農場**に違いない。

＊　＊　＊

言葉の壁かもしれない。これが彼らのスタイルなのかもしれない。でも、三人のヤギ農場の人達——セップ、彼の妻のリタ、そして農場手伝いの男性——は、とても言葉少なだった。それに比べて僕は思いっきりハイになってて、彼らにペラペラと話しかけたけれど、よくわかってもらえないようだった。一番の不安は、すべてを彼らに打ち明け、僕らの訪問の目的を告げねばならないことだった。農場はアルプスを歩く人達に宿泊場所は提供しているけれど（うん、たしかに僕だってアルプスを歩くんだ

ヤギ農場到着！　ヨーレローレロヒホーヨヒドゥディヤホホー！

けれども）、僕は彼らのヤギにまざって四足歩行をしようとしていることを伝えなくちゃならないんだ。スイス人は型破りなことを受け入れないことで知られている。そして認めざるを得ないことだけど、僕はステレオタイプからかけ離れた人間だし、**農村の人々が実験的な現代アートを大好きだとも思えない**。僕はセップと会話して、荷物を山の中腹のケーブルカーの木箱に置いてきたと話した。セップは頷いて、家屋に入って行き、僕らはそのあたりをブラブラしていた。本当に美しい場所だ。農場の後ろにそびえ立つ、岩がゴツゴツとした山々の間に、美しい草の生えた高原が広がり、目が回るほどの急な落差で下の渓谷に繋がっている。ヤギがいないのが気になるけれど。

エンジンがスタートする音が聞こえ、荷物用リフトの大きな滑車がケーブルを引っ張りはじめ、木箱に入った僕らの荷物が山を登りはじめた。頂上まで来ると、セップが姿を現し、僕らは荷物を降ろすと、ちょっとした会話の中でさりげなくヤギの居場所を聞いてみた。彼は大きな納屋《なや》を顎《あご》で指した。

「クールっす」と僕は言った。「夜はあの中に入れるの？」

彼は頷いた。

「僕らはどこで寝ればいいかな？」

彼は大きな納屋を顎で指した。

「完璧《かんぺき》だね」と僕は言って、僕らはセップのあとをついて納屋に向かった。宿泊場所はヤギのフロアの上、中二階で（干し草置き場のようなものだと思う）、納屋にはヤギの首につけられたベルのカランカランという音が響いていた。そしてヤギの群れの強烈な臭《にお》いでいっぱいだった。理想的だ。僕らは荷物を置いて落ち着くと、ディナーについて考えはじめた。ティムとサイモンは草を食べるつもりはないらしいし、僕は、ほら、まだヤギになってないから。セップが納屋の横の小さな屋根のついた場所で火をおこしはじめたので僕らは近づいていった。

ものすごく臭くて、ありえないほどうるさいルームメイト

「うわ、薪釜《まきがま》オーブンじゃん！　かっこいいねえ、セップさん！　ここに座っていい？　ちょっと料理していいかなあ？　あ、ありがとう……。天気はどう？　あまり良くない？　夏はずっと雨だって？　えー、それは残念だなあ。ちょっと寒くなってきてるよね。凍えるぐらい？　ふうーんそうだろうねえ。そっか、だからヤギは納屋の中なんだよね？　そっか、うん、そう思った。明日は山を歩き回れるようにヤギを出すんでしょ？　え、出さない？　あっ……」

セップが言うには、ここはあまりにも寒いので草がまばらで、すぐに雪になるから、明日はヤギを、夏の間に歩き回る場所である高山の牧草地から、山腹の渓谷近くの牧草地まで誘導する日なのだという。これはアルプスで家畜に草を与える、約五千年の歴史を持つ伝統的な飼育方法だそうだ。

よっしゃ。一緒にバーベキューをしている人には若干聞きにくい質問ではあるが、セップに僕も群れに入れてくれるかどうか聞かなくちゃならない。

「そのヤギの移動ってとても興味深いお話ですよね、セップさん。僕らも行っていいでしょうか？　いいって？　マジすか。ええっとねえ、セップ、僕、実はとあるプロジェクトをやっていまして。ええと、ええと、もしよかったら、**あなたのヤギの仲間になりたいんですよ**。アハハ、ええと、四足歩行で。あなたのヤギと同じように。僕の言ってること、わかります？」

セップは感情を表に出さないタイプだというのはわかる。彼はちょっと座り直すと、僕が伝えていることに関していくつか質問をし、また座り直し、オーブンが温まるのを待ちながら、ヒゲを撫《な》で、しばらく考えていた。

「……朝は早えぞ」と彼は言った。

「大丈夫です。やった！」と僕は言った。

僕らのホストのセップさん

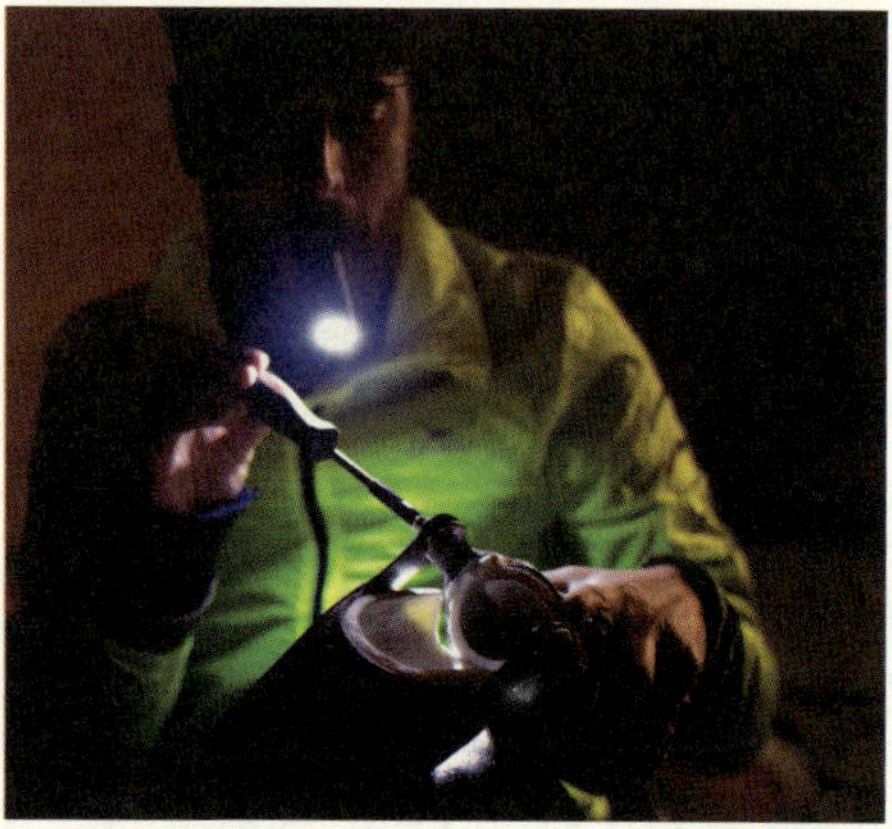

夜明け前にヤギ脚をはんだ付けする僕

「何時ですか？」

「……四時だ」

「OK、問題なしです。ありがとう」

「……移動は……速えぞ」彼は言った。

「ハイッ、ついていきまーす！」

「……下るのも……速えぞ」彼は腕を斜め下の方向に伸ばした。

「急だってこと？　うん、登ってくるときも急だったもんね。それについては自分でなんとかしますから大丈夫ですよ、ついていきます。もし僕がついていけなくなったら、それは当然、僕の問題ですから。セップさん、僕らのことなんて心配しなくてかまいませんから」

「……わかった」とセップは言った。彼はおやすみの挨拶《あいさつ》をすると、手伝いの農夫にオーブンが温まったことを告げた。それだけだった。僕らは参加を認められたのだ。

人間、機械、そしてヤギ

＊　＊　＊

僕達は夜明け前に目を覚ました。外はまだ暗いにもかかわらず、納屋をシェアしているヤギたちも目を覚ましはじめていた。凍えるような寒さの夜に、一時間聞こえなくなっていたカランカランという彼らのベルの音が、再び鳴りはじめていた。彼らはそわそわしているのだ。

セップが歩き回る音も聞こえるので、僕らは外に出て、何が起きているのか確認することにした。彼はヤギの乳を搾《しぼ》るのだと言い、僕らもついていくことにした。彼は僕らが滞在していた納屋に入っていった。

セップとリタは六十頭ほどのクジャクヤギの群れを所有していた（見た目、全然クジャクに似てないけど）。すべてのヤギの乳を搾るのに、彼であればどれぐらいの時間がかかるのだろう。僕らが彼についていくと、彼はすべてのヤギを並ばせた。ヤギは朝ご飯にワクワクして、特製フェンスの間から頭を突き出した。納屋の薄暗いライトが、発電機が突然生き返ったかのごとく明るい蛍光灯にかわり、非現実的なファンファーレみたいに、一九六〇年代のあまったるいヒットソング、『ベイビー・ラブ』がスピーカーから鳴り始めた。ヤギたちは、「オッ、オッ、オッ、ベイビーラブ、マイベイビーラブ」という歌を聞くと、大人しくなり、餌《えさ》を食べ始めた。セップと手伝いの農夫はヤギの列の後ろを歩きながら、次々と搾乳器《さくにゅうき》をヤギの乳房に取り付けていった。サイモンは搾乳器を僕の乳首にもつければいいのにとジョークを言わずにはいられなかった。僕は乳搾りされる予定はないんで（それに、どうやったら僕からミルクが出るのか？　この疑問はここでは止《や》めておこう）。でも、そうだ、そろそろヤギにならなくちゃいけない。だってセップと手伝いの農夫とヤギは、乳搾りに慣れているんだから、終わるまでにそれほど時間はかからないはずだ。

僕は**ヤギのスーツ**を着用した。まずは**チェストプロテクター**だ。そして僕の「**遅延作用人工第一胃**」、それから**母が作ってくれた防水スーツ**、**エネルギーがみなぎってくる感じの短下肢装具**、**緩衝材入りのヘルメット**、そしてそして、**人工前脚**となる。

これは僕が想定していた変身スーツではなかった。ちゃんと動かせなかった部品が

ふんふんふ〜ん♪

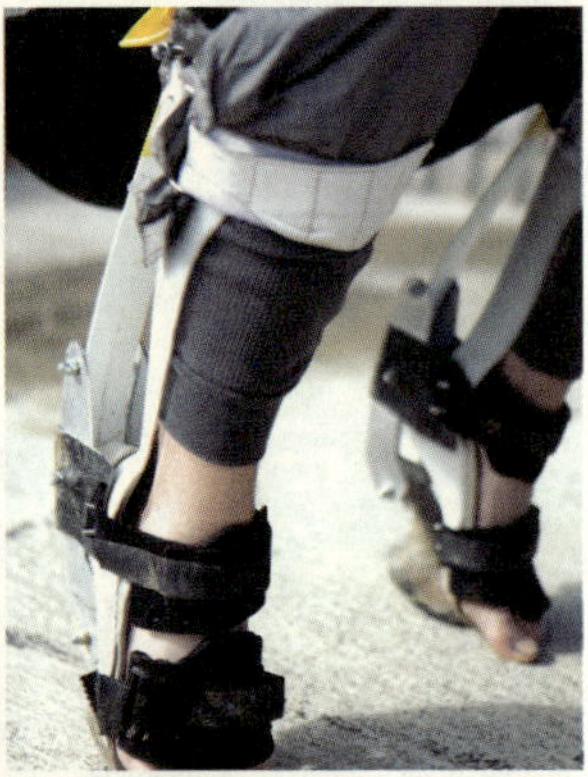

キリッ

いくつかあって、もっとも顕著だったのは、ヤギの目だった。どうしたら僕の目を頭の側面に移動させ、ヤギの視野まで拡張することができるか、光学技術者とこまかい意見交換をおこなったものの、光を必要な角度で屈折させることは容易ではなかった。これを解決するには液晶ゴーグルと広角レンズをつけたカメラを接続させる必要があるが、それにはバッテリーがいる（僕の好みではないけれど）。あるいはプリズムガラスのシステムとレンズを使う方法もあったが、ヤギが楽しんでいる視野である三二〇度を得るためには、システム自体、とても大きくなってしまう。もっとコンパクトで高度な戦車用潜望鏡のプリズムシステムもあったのだけれど、僕が軍需産業界で働いていないという理由で、業者は、高度な軍事用ハードウェアの販売について制限する国際法を引き合いにだし、僕と連絡を取りたがらなかった。でも僕はヤギの目のアダプターの計画を推し進めなくてよかったと思っていた。だって、こんなに危険な地域を四足歩行している最中に、視界をメチャクチャにしたくはなかったからだ。

さて、僕は人工装具をつくってくれたクリニック周辺を歩き回り、家のなかをドタドタと歩き回って、着実に四足歩行の練習を重ねてきた。でもそれは、でこぼこもなく、水平な、いつもの慣れた場所であり、一方こちらアルプスの道は、まったくと言っていいほど水平ではない。僕は家畜たちのいるコンクリートの囲いから出た瞬間に、

どうなるトーマス

下り坂を四足歩行することはとんでもなく難しいことだと気づいた。ほんのわずかな下りの勾配《こうばい》でさえ、大変だった。納屋に向かって斜面を下りたけれど、前脚が濡《ぬ》れた石で滑って、ひっくり返ってしまうのではないかとひどく緊張してビビった。僕の勇敢なヤギ的デモンストレーションを観察していたリタは家屋から出てきて、**英国人の男がアルパイン種のヤギになることに四苦八苦しているという**、完全に馬鹿《ばか》げた様子に明らかに大ウケしていた（正直に告白するよ）。

「いいわよ、アハハハハハ。でもヤギは速いわよ、トーマス。待たないで先に出発したほうがいいわ。すぐに出るのよ、そしたらヤギが追いつくわ。岩のある道はすごく速く下っていくの。ヤギたちは下りが大好きだから。そこにいたら危ないかもしれないわ。平らな湖まで行くといい」

よし、それじゃあお先に失礼しちゃうね。僕は歩き出したが、でも、クッソ、メチャクチャしんどい。農場周辺は起伏のある高原だ。水平なところやほんの少し上り坂になっているところならば、しんどくてもなんとか歩くことはできていたが、でも僕は実際のところ、山を下って冬の牧草地に向かっているわけで、耐えるしかなかった。そして下りの斜面に立っていると、必要とされる力が両腕から奪われていく。ヒース医師とジェフは、前脚で僕の全体重の六十パーセントを支えられるような人工装具を作ってくれたけど、下り坂の道を進むにつれ、徐々に前脚への負担が重くなった。そして片方の前脚を一歩進めることは、すべての体重をもう片方の脚で支えることになる。これって、山を下りながら片手の腕立て伏せをやってるようなもんだ。ガールフレンドは間違いなく否定するだろうけれど、僕はまるで牛のように体が強い男だ。しかし、そんな牛のような僕でさえ、傾斜ばかりの山道を下り続ける強さはないことに気がついた。

リタが叫んだ（そんなに大声で叫ばなくてもいいんだけどね。だって脚の間から後ろを見れば、がっかりするほど農場から離れてないことがわかるんだから）。「トーマス！　遅すぎるわ！　早く湖まで下るのよ！　ヤギが来る前に坂道からどかなくちゃ！」

リタの言う坂道とは、昨日僕らが荷物を持って登るのは危険だと警告された道だ。とても急なジグザクの、岩が転がる道で、崩れ落ちそうな巨岩の間には小川が勢いよ

く流れている。

ああもう、どうしたらいいんだよ。僕はすでに汗だくで、ヒース医師が特別に作ってくれた、クッションとなるシリコンジェルに包まれているにもかかわらず、指の関節が痛みだしていた。僕はリタのアドバイスに従って、狭いジグザグの道を、ヤギが下りてくる前に下りきることにした。だって興奮したヤギの群れが下りてくる時に邪魔したくないからね。ということで、僕は、新しいタイプの半二足歩行を考え出した。というよりは、三足歩行と言ったほうがいいだろうか。四本の脚で横方向に、そして二本の脚で前方向に進みつつ、三本目の脚で勾配とのバランスを取り、あるときは後ろに下がり、あるときは前に進み、なんとかしてこの無慈悲な小道を下りきったのだった。僕がとうとう湖に辿りつきそうになったとき、頂上から叫ぶリタの声が渓谷にこだました。「ヤギが行くわよ〜!」(行くわよ〜行くわよ〜)

僕が振り返り、下ってきた道を見上げると、セップと手伝いの農夫が興奮したヤギの前にいた。頂上にある橋を渡ると、ヤギを止められるものはなにもなく、彼らは山肌を流れる水の流れのように下ってきた。あ、ヤバイ。僕は小道の一番下まで下りて、湖に沿って四足歩行で必死に移動した。めっちゃ遅い。仲間に入れてほしいと思っていた群れの先頭は僕を追い抜いて、そしてスローダウンして小走りになったが、僕は

トーマスうしろ、うしろ!!

大して進むことができなかった。もうひとつの群れが早足で駆け抜け、それを追う群れも、そしてそれを追う群れも通り過ぎていくと、棒を振って大声を出して、僕らヤギを元気づけている手伝いの農夫が、「コムイェッツェ！ コムイェッツェェェ！」と叫んだ（スイスドイツ語で「こっちへ来い」という意味らしい）。

他のヤギのリアクションは、僕を勇気づけてくれるようなものではなかった。ガチャガチャと音をたて、息を切らしてハァハァ言っている僕の後ろで、僕を追い越すために、ヤギが行列になっているのが見えていた。ヤギが僕をどんどん追い越していく。僕はそれでもまだまごついて、必死になって追いつこうとしていた。でも小走りをしようとすると、躓《つまず》いてしまい、顔から砂利道に突っ込まないでいるのが精一杯だった。本能的に顔を地面でこすらないようにするはずだが、二本の前脚と腕の接合部にできた擦り傷が痛くてそんなことにも気がつかないようになってしまうことは、想定外だった。

群れの中心はすでに僕を追い抜いていた。落ちこぼれの数頭がそれに続き、そして、とうとう最後尾のセップが現れた。

「おーそーすーぎー」と、彼は横を通りながら、ゆっくりと話した。僕の鼻の先からは汗がしたたり落ちていた。両腕はもう大変なことになっていたし、指の感覚がなく

コムイェッツェ！　コムイェッツェ！

ちょ、待っ……

まだいける……！

ぐぬぬ

ヤギ「遅いね」僕「そだね」

短い首が僕を苦しめる

なっていたけれど、指先にはほとんど皮が残っていないだろう。僕にできるのは、残った数頭が湖の横の小道を早足で行くのを見守ることだけで、彼らはダムを越え、そして見えなくなった。

僕は頑張ってもう数メートルを進んだが、それが無駄なことだとわかっていた。群れの喧噪《けんそう》はフェードアウトし、僕は小高い丘の上のたった一頭の、**ぼっちヤギ**になってしまった。ハッチンソン教授とヒース医師とジェフが危惧《きぐ》していたことが、痛みとともに僕の胸に蘇《よみがえ》ってきた。僕が本物のヤギと行動をともにできたのは、たぶん七百五十メートルぐらい、いや、一キロだとしよう。わかってるよ、上出来ってわけじゃないけれど、興奮したヤギが早足で駆け抜ける道を、片手の腕立て伏せで一キロ進んだんだから。読者のみなさん、僕のことを批判できる人ってそうそういないと思うんだ。わかる、わかるよ、言いわけがましいって言いたいんでしょ。そうだね、だって僕だって満足できていないもん。ほんの少しの間、僕も群れの一員として動くことができたと思ったけれど、それはあまりにもあっという間だった。

まわりにヤギの姿が見えないので僕はまったくヤギにあるまじきことをした。人間みたいに岩の上に座って、この状況について考えたのだ。

もうしょうがない。ゆっくりでいいから四足歩行で山を下って、冬の牧草地まで辿りつくしかないのだ。

ゆっくりと歩いて移動することで僕はリラックスすることができた。早足で進むヤギに追いつこうというむなしい努力はやめ、遅いけれど、しっかりとした足取りで進んだ。僕は湖に沿うように延びる小道をその先数キロ進み、そして大きなダムを越えて、下に続く渓谷に向けて小道を歩き出した。

渓谷に辿りつくまで数時間かかったが、僕の参加しているヤギの群れが、農家を囲む草原でうれしそうに牧草を食《は》んでいる姿が見えた。スイス人農夫に、ヤギに危害を加える奇妙なヤギ男と誤解されて撃ち殺されるのはイヤだったので、僕は農家の人に

草うめぇ！完全にヤギ！

礼儀正しくお願いするのが一番だと考えた。農夫のトマスがドアを開けてくれたが、そこにはセップもいて、僕を見て本気で驚いていた。僕はもう一度群れに加わりたいと申し出た。セップはトマスに従うと言う。「ここにいるのはこいつのヤギだから」「好きにしたら」とトマスは言ってくれた。

電流の流れるフェンスをくぐり抜け、僕はついに新しい牧草地である斜面にいるヤギの群れに加わることができた。その斜面はヤギだったら大喜

びするであろう、新鮮で緑色の草に覆《おお》われていた。ということで、読者のみなさん、**僕はついにヤギの暮らしを送ることができたんです。**

あ〜、ヤギの暮らし。その基本は草のあるところに歩いて行き、五分ほど食べることから成り立っている。また別の草のある場所に向かって、また食べる。次、そしてそのまた次。僕は草の味の違いを理解できるようになっていた。青くて緑色した草は苦く、一方で深い緑の草は甘くて、僕の好みにあった。

カミ、カミ、カミ、カミ。噛《か》んだ草を、僕の胴体に縛り付けた人工第一胃に吐き出す。新しい草の場所まで移動する。予想されていた通り、実際に僕の口を草のところまで持っていくことは、不自由な短い首では難しいことだった。僕が開発したシステムは、基本的に前脚を折った状態で屈《かが》み、顔を草むらに突っ込んで、口に詰め込めるだけの草を一気に詰め込んで、そして再び立ち上がり、噛み、第一胃に吐き出すというものだった。

上り坂を登っているのであれば、僕はヤギになるのが相当上手だということがわかった。そう、僕はかなり珍しい動物だぜ。上り坂を登ることしかできないヤギさ。そして、上り坂であれば、**ハァハァゼェゼェガチャンガチャン**という音も出さずに、リラックスした状態で歩き、ヤギと同じように草を食べることができる。そうすること

ヤギ番号18番と歓談するトーマス（33歳）

で、仲間のヤギは僕を受け入れてくれるのだ。まったくおかしなことだよ。ヤギめ、僕のことをどう思っているんだろう。数頭が近くまで来て、僕の顔をクンクンして調べ出した。僕もクンクンし返してやった。ヤギの息のパワフルな臭いに対する、人間としての身体的嫌悪感《けんおかん》を無視してね。発酵した草のとんでもない臭いは、農家の貯蔵牧草そのものだった。最初は怖がっていたヤギも、彼らと同じように僕が草を楽しんで食べているのを見ると、僕を避けなくなった。なかでも一頭のヤギ、ヤギ番号十八番が、僕と一緒にほとんど一日を過ごしてくれた。なんだかそれはうれしいできごとだった。彼女が別の草に移動すると、僕も彼女について歩き、僕が動けば彼女もついてきてくれた。

しかしながら、上り坂ばかりを進んでしまうので、気づけば僕は、ずっと先に進み、丘の上の最も高い位置にいるヤギとなってしまったのだ。草を噛みながら顔を上げると、群れのヤギ全頭が僕をじっと見ていることに気がついた。突然静かになったのだ。群れ全体が草を噛むのをやめていた。

それはまるで、新参者が何か挑発的なことをしたり、ルールを破りそうになると、集団にいる人間全員が突然静かになるという、ぼくらの西洋社会のワンシーンみたいだった。僕が彼らを見つめると、彼らも僕を見つめ、僕はなんだかとても居心地が悪くなった。だって彼らの角は実際にすごく尖《とが》っているし、僕と同じぐらいの大きさのヤギもいて、やつらの圧倒的な強さと機敏さに僕はすごく不安になったんだ。

いままでうまくやってきたつもりだったけれど、**もしかしたらヤギに対して無礼を働いたのかもしれない**。そういえば、群れのなかで一番高い場所に行くことは支配を意味すると読んだことを思い出した。僕は無意識に、ヤギの優劣順位に挑んでしまったのかもしれない。うわあ。

もしケンカに発展したとしても、人工装具の前脚で右フックを痛烈にお見舞いできるなんて、自分でも残念なことを考えてしまう。「残念だ」っていうのは、だってヤギはボクシングなんてしないからだ。ヤギならヤギらしくヘッドバットで対抗すべきなんだ。ヤギのようにケンカして敗れ去り、序列の最後となるか、それとも汚い手を使って、もっと高い地位を確立させるのか悩み、いざとなったら僕は後者を選ぶことにした。

そんなことは起きなかったんだけど。ヤギ番号十八番が仲裁してくれ、ことなきをえたんだと思う。彼女は単純に軍団の真ん中を歩いて突っ切って、そのままあてもなく歩き始めた。他のヤギもそれに習って歩きはじめ、群れのなかの緊張感はどこかへ消え失《う》せた。僕らは再び草を食べ、みんなで丘の頂上へと移動した。

＊　＊　＊

そして僕は、翌週もこのようにして過ごすはずだった……でも、もちろん一日が終わりに近づくと雨が降りだし、母が作ってくれた防水スーツはしばらくは大丈夫だったけれど、激しい運動によって全身びっしょりになるほどの汗をかいた僕が悪寒でガタガタ震え出すまでに時間はさほどかからなかった。そして、草を食べたにもかかわらず、僕はお腹《なか》がすいていた。そして足も冷え切ってしまった。氷点下になりそうなこの草原で一夜を明かすことは、絶対にムリだ。そして僕は、暖かい火があれば、どれだけ素敵だろうと考えた。

＊　＊　＊

それにしても、びっくりする量の草を口にしたよね。その草を噛んで人工第一胃に吐き出していたのだけれど、噛むという工程は必然的に、その一部を飲み込んでしまうことに繋がっている。僕は草の味が好きだったけれど、でも、もちろん、ヤギの第一胃に存在する、驚くべき微生物農場なしで、僕が食べた草から栄養を抽出するなんてできなかった。ということで、圧力鍋《なべ》の登場です。

僕らはちょうどいい場所を見つけて、人間スタイルのキャンプファイアを、人間の手を使って作った。火が不均一で爆発する可能性があるから、絶対に焚き火で圧力鍋を使わないことと書かれていたが、この時点で、僕はどうでもよくなっていた。僕は噛んだ草の入った第一胃の中身をすべて圧力鍋に入れた。そして蓋《ふた》を閉めて焚き火にかけ、離れて見ていた。

蒸気で圧力鍋のバルブが上がるのに時間はかからなかった。これで鍋の圧力が上がったので鍋を火から下ろした。水蒸気爆砕処理のプロセスには、セルロース分子が作

オレンジ色の炎は糖が入っている証拠（左）と圧力鍋（右）

る繊維構造を破壊するために急激に圧力を変える必要があり、そうすることで酸がそれを糖に変えることができる。今この時点で爆発というのは困るけれど、僕は用心深く、蓋を止めているノブを緩めた。減圧すると、蒸気が音をたてながら出てきた。中には**草のシチュー的なもの**が入っており、底が少し焦《こ》げていた。**何これ、食べていいの？**　一部分解された草（であってほしい）の中に少量の酢酸（酢）を入れて、もう一度圧力鍋を火にかけた。これで酸がセルロースを加水分解して、僕にエネルギーを与えてくれるおいしい糖に変わるはずだ。数分後、僕は食べる時が来たと心を決めた。でも、僕が食べるこれって正確には何なのだろう？　消化できる繊維質？　それともおいしい糖なの？

　僕はベネジクト液と呼ばれる化学物質を持ってきていた。これは液体のなかに糖が含まれているかどうか

トーマス涙目

を調べる簡易的な実験に用いるものだ。数滴をテストしたいサンプルに垂らして、沸騰《ふっとう》させ、もしもオレンジ色になったら糖が入っているということ。キャンプファイア応用化学のはじまりだ。

僕は草のシチューを試験管に入れ、ベネジクト液を加えると、キャンプファイアの残り火の上で湯煎《ゆせん》した。外は暗くなっていたけれど、懐中電灯の光で見ることができた。サンプルがオレンジ色になってる！　厳密に言えば土のような茶色だけれど、明らかに前よりはオレンジ色っぽい！　少なくとも、なんらかの糖分は入っているはず！　糖分はすなわちエネルギー！

僕は人生最高に食欲をそそらない食べ物をガツガツ食べた。焦げた草のシチューだ。特に甘みも感じられない。だからと言って栄養があるというわけでもないらしい。僕は**ヤギダイエットという新しいビ**

ジネスを思いついたが、あまりにマズくてほとんど商売にはならないなと思った。

＊　＊　＊

農場に戻ると、リタが母屋でのディナーに招待してくれた。こんなにありがたいと思ったことはなかった。そこはとても快適で、くつろぐことができた。リタは大鍋一杯の**ヤギのシ**チューを作ってくれ、パンとヤギのチーズと一緒に食べた。**僕はカニバリズムを楽しんだわけだ。**ちょっとつらいけれど、草以外なにも食べずに一日を過ごした後で、そのシチューは本当においしかった。つらい。でもおいしい。ああでも、**本当につらい。でも、ほんとに、本当においしい。**

セップとリタは当然のことながら僕のその日のイベントの目的について興味津々だった。僕は人間の悩みをお休みすることから説明をはじめ、すべてを話した。

「君は都会の人間だから」とセップは言った。「だからクレイジーなんだな。ここにいたら、そんなにクレイジーなアイデアなんて必要ないのさ」

彼らが最後に山を下って町に行ったのは数ヶ月前のことらしいが、リタは彼女の手作りのヤギのチーズを売りに近々町に行かねばならないらしい。彼女はそれが楽しみではないと言った。セップの言っている意味がわかったような気がした。もしヤギになるということがシンプルな人生に繋がるというのなら、ええと、たぶん、シンプルな方法は、**ヤギになるのではなくてヤギ農家になればいい**ってことなんだろう。

「ここから先はどこへ行くんだい？」

「ええと、アルプスを越えます」

「ハ！　アイベックスにでもならなくちゃ」

僕は彼に、野生のヤギであるアイベックスを見たことがあるか聞いてみた。彼は、何度も見たことがあるという。驚くべき生きもので、この高山に雪が降り積もる季節でも暮らしていけるのだそうだ。セップは山から時折アイベックスがおりてきて、ヤギに近づいて交尾するのだと教えてくれた。でも、生まれる赤ちゃんは……。

「まったく手に負えないんだ。フェンスを跳び越えてどこへでも行っちまう」

セップはうれしくなるようなことも言ってくれた。彼は僕の冒険を草原から見ていた、渓谷に住むヤギ農場のトマスと話をしたのだそうだ。

「君は群れに受け入れられていたとトマスが言ってたよ」

「本当に？　……いや、**実は、僕もそうかなって**」

「ああ、トマスが君の姿を見たそうで、そう言っていたよ」

ということは、しばらくの間、ヤギは僕のことをヤギだと思い、僕は自分をヤギだと思い、そしてたぶん少しの間は……。

＊　＊　＊

僕らは農場に三日間滞在した。険しい地形でどのように脚を使えばいいか、またヤギがどのようにして足下を見ずに自由に動き回ることができるのかがわかってきた。そして、下りの道にも若干対応できるようにはなっていたものの、アイベックスのようにアルプスを越える時はあっという間に来てしまった。僕らが出かける支度をしていると、セップが僕の首にヤギ用のベルをつけてくれた。僕はヤギの群れにも、そしてヤギ飼いにも受け入れられたのだと感じた。でも、**行かねばならぬ。だって約束があるから。人間によって交わされ、ヤギによって守られる**

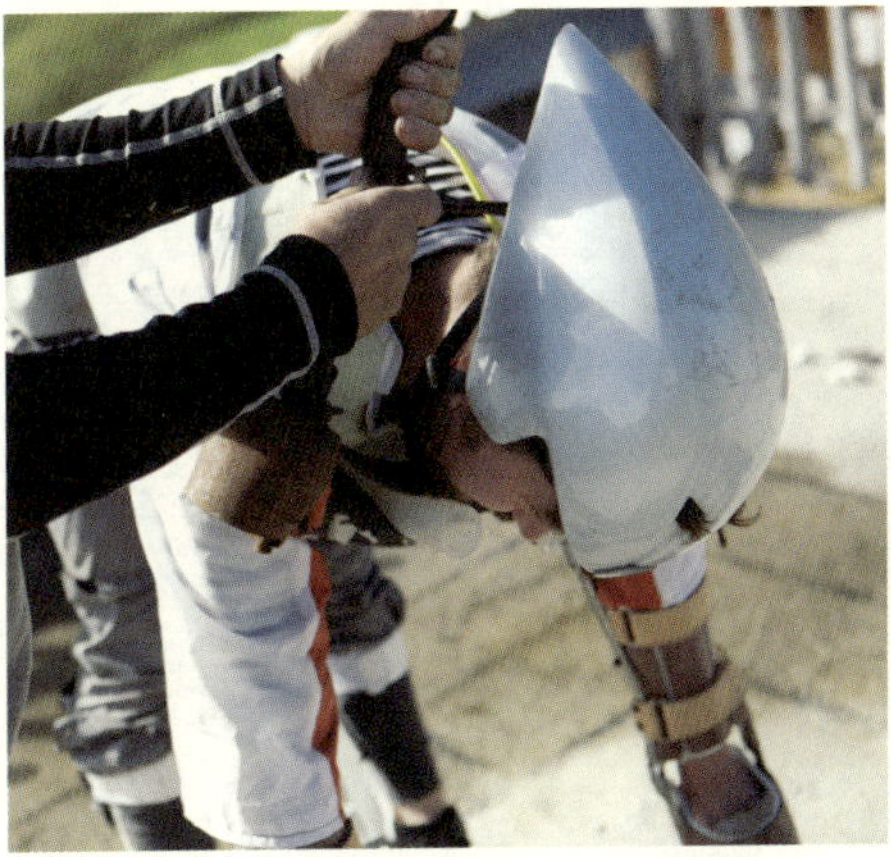

ヤギのベルを僕の首につけてくれるセップ。
これで僕も、彼の群れの一員だ。

約束が。僕らは山に向かって歩きはじめた。そしてごめんね、読者のみなさん、歩きはじめたらすぐに橋についちゃってさ。そこをスタスタと渡って現実の世界から、幻想の世界に入っていったんだよ。僕らの行く道は険しく、多くの困難と試練が待ち受けている。そして僕は美味《おい》しい草をたくさん食べるのだ。

登って、登って、どんどん登り、そして氷河に辿りついた。氷河の上は、スイスとイタリアの国境だった。氷河を登るということは、僕らはアルプスを越えたということで、山道を下ればイタリアだ。

止めてくれるな
おれには守らねばならぬ約束があるんだ

パラシュートか何かをやっていた男が空から下りてきて、僕に何をしているか聞いてきた。僕は「鳥になることを夢見た男達がいた。僕はヤギになることを夢見たんだ」と答えた。

「かっこいいじゃん！」と彼は言った。

僕はさらに登り続けた。イタリアまで辿りついたかって？

ああ、もちろんさ。

し、しんどい

がんばれトーマス

負けるなトーマス

すごいぞトーマス

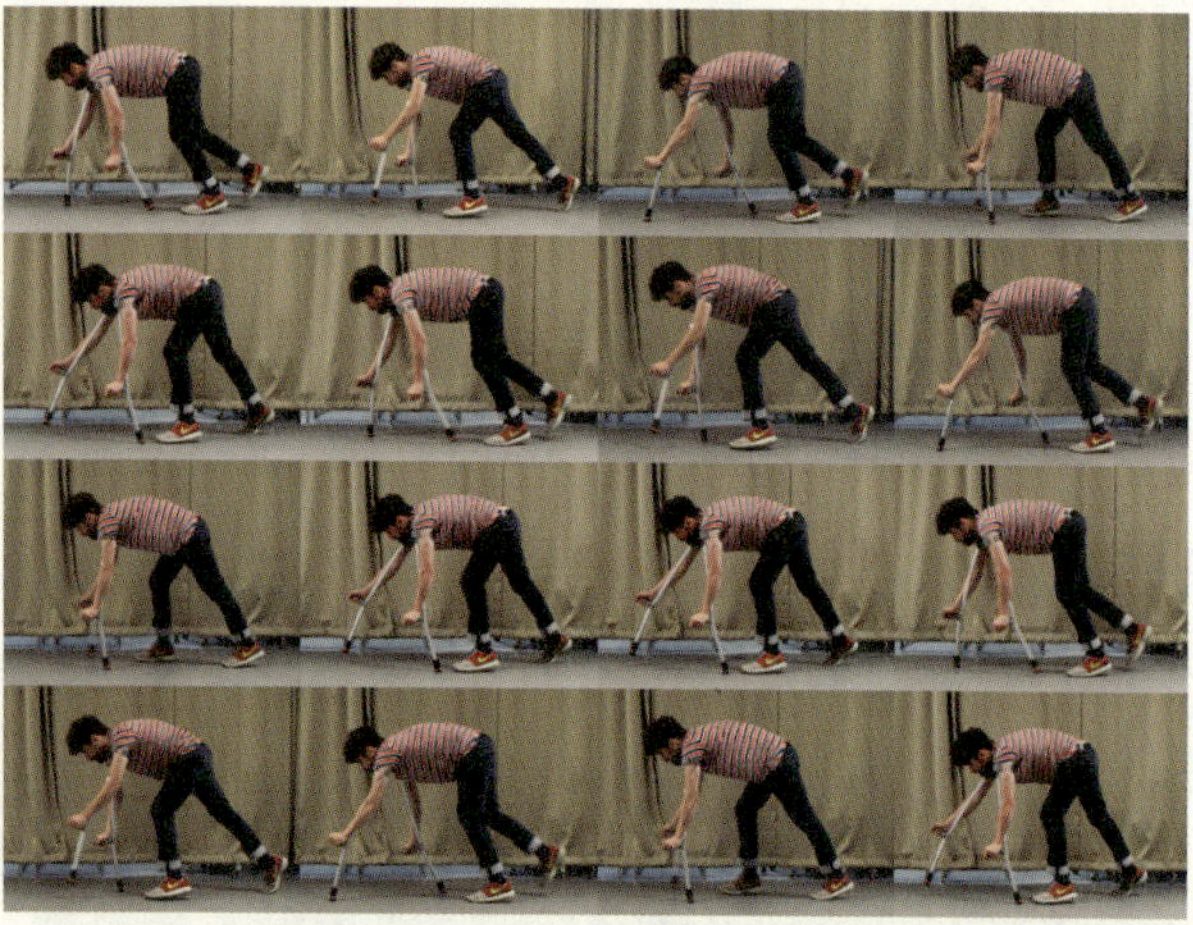

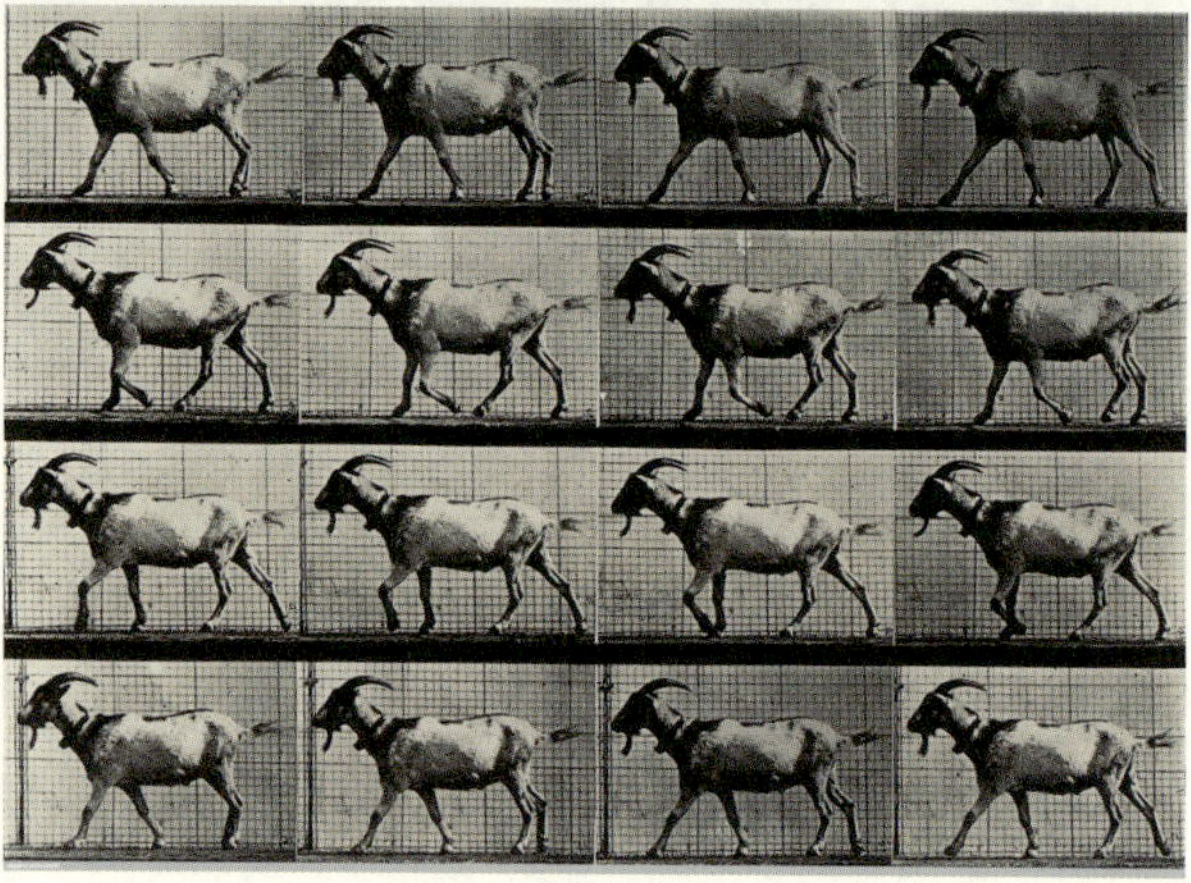

おしまい

謝辞

分厚い本でもないっていうのに、何ページにもわたる謝辞だなんて、ちょっと大げさだって思うかもしれない。でも、これにはちゃんとした理由がある。だって、人間をお休みしてヤギになるというこのプロジェクトのために、多くの人が僕を助けてくれたから。それが（今の僕にはわかるのだけれど）不可能なことだったというのに（少なくとも僕のなかの現実としては、不可能だったと思う）。もうすぐ世界中に届けられることとなるこの本を書くために（すごくうれしいけれど、精神的にめちゃくちゃしんどい。はぁ）、僕を助けてくれた人だってたくさんいる（実際のところ、執筆は予想以上に難しかったし、長い時間がかかってしまった）。僕は、いくつもの学問分野を渡り歩いて、何かを追い求めたデザイナーだ……この試みが、独創的な試みであったと思いたい。もちろん、その学問分野の詳説、不透明な論拠、何十年もかけて築かれた根拠の積み重ねみたいなものにまで、深く、しっかりと向き合うことができていないのは自分でもわかっている。それができるということは、「人間」である僕らが、人間とは何なのか、そして他の動物とは何なのかを熟知していると言える段階になるということを意味する。誰かがはんだごてやノートを持って、実際にどこかに足を運び、努力をしたとしても、たいていの場合は何も見つけることはできない。でも、ごくたまに、誰かが何かを発見することだってある。僕が「……ということがわかっている」と書くときはいつも、その誰かが見つけたものに、誰かが知識としての価値を見出《みいだ》し、それが何であるのかを理解し、記し、そしてそれが根拠の一部となって、僕のヤギになりたいという試みを興味深いものにしてくれたってわけなのだ（そしてこの試みが、読者のみなさんにとっても興味深いものであったらいいと僕は考えている）。

たくさんのありがとうと感謝をシボーン・イムスに。僕を助けてくれて、支えてくれて、愛してくれてありがとう。サイモン・グレットン。僕の友人であり、映像編集者で才能豊かな編集者。再び僕の無謀な試みに参加してくれたこと、そして僕の面倒をたくさんみてくれたことに感謝する。ウェルコムトラストのみなさん。象になるという試みに資金を提供してくれたことに感謝（そしてその試みを別のものに変えてしまったときも僕を見捨てなかったことに感謝）。みなさんの協力がなければ、このプロジェクトも、この本の出版も実現していなかっただろう。ティム・ボーディックには、その素晴らしい写真の数々だけではなく、それ以外の多くの仕事をこなしてくれたことに感謝。ダニエル・アレクサンダーは、結核のリスクを冒しながらも素晴らしい写真を撮影してくれた。それから、サラ・スターマンは、この本を編集してくれ、僕の動揺につきあってくれた。ポール・ワーグナーは、本書のデザインを担当してくれた。本書を出版してくれたプリンストン・アーキテクチュラル・プレスのみなさんにも感謝。

トウェイツ家、イムス家、そしてパーシー・スー家のみんな。キティー・ヌネリーは、本書の草稿に忌憚《きたん》なき意見と深い洞察を与えてくれた。犬のノギン・ヌネリー、そしてほかのヌネリー家のみんなにも感謝。そしてワイマン家のみんな（特にヴィトは女王に手紙を書く手はずを整えてくれた。ちなみに返事はまだない）。ウィンザー工房のスティーブ・ファーロンガーは、このプロジェクトを支援してくれた（足と、そして第一胃を製作した時）。彼の工房では過去二十年にわたって、僕は様々なものを作らせてもらっている。

オースティン・ホールズワースは僕のハチャメチャな姿を写真に収めてくれた（そして、狂った世界へようこそ、トーマス・ホールズワース君！）。ヴェラ・マリンには計り知れないほど支援してもらった。イー・ウェン・ツェンには、身体的、そしてデジタル的な骨の製作を手伝ってもらった。リアム・マックゲリーは、ニュージーランドを楽しんでいてくれるといいなと思っている。ハリー・トリンブル、その文章力と数学のスキルに感謝。バーンド・ホプヘンガードナーはドローンを操縦してくれ、ドイツ語を駆使してくれた。マイケルとケランは、スタジオ1・1ギャラリーで僕にヤギのショーを開催させてくれた。アカデミー・シュロス・ソリテュードは、このプロジェクトをさらに発展させるために時間を設けてくれ、そしてプロトタイプⅡ型の製作のために工房を貸してくれた。アラン・ニュートンは、プリズムと光ファイバー束の制限について僕に説明してくれた。

「第1章　魂」――アネット・ホストの誠実さ、知性、そして率直な助言に感謝。

「第2章　思考」――ボブ、ゴーワー、そしてバターカップのみなさんの、ヤギのための努力と、そして僕の試みを助けてくれたことに感謝。アラン・マックエリゴット博士、ルイージ・バシアードナ、そしてジュリアン・カミンスキ博士、ヤギのおしゃべりにつきあって下さって感謝。ジョー・デブリン博士、僕の脳内の欲望を麻痺《まひ》させてくれてありがとうございました。

「第3章　体」――グリン・ヒース博士とジェフは僕の装具を製作してくれ、そして僕を楽しませてくれ、洞察を与えてくれた。ジョン・ハッチンソン教授は寛大にも時間と知識を共有してくれた。アレクサンダー・ストール博士は僕と一緒に解剖をしてくれたし、ソフィー・レグナルトは二度も解剖につきあってくれた。リチャード・プライアーはヤギのヴィーナスの骨を洗浄してくれた。劇団「パペット・ウィズ・ガッツ」のイヴァン・ソーリーは、鉄を使った作業を手伝ってくれ、紅茶を飲ませてくれ、そして僕を思いやってくれた。

「第4章　内臓」――アベリストウィス大学のアリソン・キングストン＝スミス博士とジェイミー・ニューボールド教授は、僕に動物の第一胃について、多くを教えてくれた。

「第5章　ヤギの暮らし」――農場主のリタとジョセフ・ウェイズナー夫妻に感謝。

参考文献

はじめに

Becker, Ernest. *The Denial of Death*. New York:Free Press, 1985.（邦訳『死の拒絶』アーネスト・ベッカー著、今防人・訳、平凡社、1989年）

第1章　魂

Aubert, Maxime, Adam Brumm, M. Ramli, Thomas Sutikna, E. Wahyu Saptomo, B. Hakim, M. J. Morwood, Gerrit D. van den Bergh, Leslie Kinsley, and Anthony Dosseto. "Pleistocene cave art from Sulawesi, Indonesia." *Nature* 514, no. 7521 (2014): 223–27.

Bednarik, Robert G. "Pleistocene palaeoart of Africa." *Arts* (Multidisciplinary Digital Publishing Institute)2,no.1(2013):6–34.

McComb, Karen, Lucy Baker, and Cynthia Moss. "African elephants show high levels of interest in the skulls and ivory of their own species." *Biology letters* 2, no. 1 (2006): 26–28.

Willerslev, Rane. *Soul Hunters: Hunting, Animism, and Personhood Among the Siberian Yukaghirs*. Oakland: University of California Press, 2007.

第2章　思考

Briefer, Elodie F., and Alan G. McElligott. "Rescued goats at a sanctuary display positive mood after former neglect." *Applied Animal Behaviour Science* 146, no. 1 (2013): 45–55.

Briefer, Elodie F., Federico Tettamanti, and Alan G. McElligott. "Emotions in goats: mapping physiological, behavioural and vocal profiles." *Animal Behaviour* 99 (2015): 131–43.

Clayton, Nicola S., and Anthony Dickinson. "Mental Time Travel: Can Animals Recall the Past and Plan for the Future?" *Encyclopedia of Animal Behavior* (2010): 438–42.

McBrearty, Sally, and Alison S. Brooks. "The revolution that wasn't: a new interpretation of the origin of modern human behavior." *Journal of human evolution* 39,no.5 (2000):453–563.

Pinker, Steven. *The Better Angels of Our Nature*. New York: Viking, 2011.（邦訳『暴力の人類史』スティーブン・ピンカー著、幾島幸子、塩原通緒・訳、青土社、2015年）

Slobodchikoff, C. N., William R. Briggs, Patricia A. Dennis, and Anne-Marie C. Hodge. "Size and shape information serve as labels in the alarm calls of Gunnison's prairie dogs Cynomys gunnisoni." *Current Zoology* 58, no. 5 (2012): 741–48.

Sommer, Volker, and Amy R. Parish. "Living Differences: The Paradigm of Animal Cultures." In *Homo Novus–A Human Without Illusions*. Edited by Ulrich J. Frey, Charlotte Störmer, and Kai Willführ, 19–33. Heidelberg: Springer, 2010.

Suddendorf, Thomas. *The Gap: The Science of What Separates Us from Other Animals*. New York: Basic Books, 2013.（邦訳『現実を生きるサル 空想を語るヒト：人間と動物をへだてる、たった2つの違い』トーマス・ズデンドルフ著、寺町朋子・訳、白揚社、2015年）

Wrangham, Richard. "Did Homo sapiens self-domesticate?" (presented at the CARTA symposium "Domestication and Human Evolution," Salk Institute for Biological Studies, California, October 10, 2014. https://carta.anthropogeny.org/events/domestication-and-human-evolution.

第3章　体

Wilson, Frank R. *The Hand*. New York: Pantheon Books, 1998.（邦訳『手の五〇〇万年史：手と脳と言語はいかに結びついたか』フランク・ウィルソン著、藤野邦夫、古賀祥子・訳、新評論、2005年）

第4章　内臓

Chandel, Anuj K., et al. "Dilute Acid Hydrolysis of Agro-Residues for the Depolymerization of Hemicellulose: State-of-the-Art." In *D-Xylitol: Fermentative Production, Application and Commercialization*. Edited by Silvio Silvério da Silva and Anuj Kumar Chandel. New York: Springer Life Sciences, 2012.

Kingston-Smith, Alison H., Joan E. Edwards, Sharon A. Huws,

Eun J. Kim, and Michael Abberton. “Plant-based strategies towards minimising ‘livestock's long shadow.’” *Proceedings of the Nutrition Society* 69, no. 4 (2010): 613–20.
Sun, Ye, and Jiayang Cheng. “Hydrolysis of lignocellulosic materials for ethanol production: a review.” *Bioresource Technology* 83, no. 1 (2002): 1–11.
Van Nood, Els, Anne Vrieze, Max Nieuwdorp, Susana Fuentes, Erwin G. Zoetendal, Willem M. de Vos, and Caroline E. Visser, et al. “Duodenal infusion of donor feces for recurrent Clostridium difficile.” *New England Journal of Medicine* 368, no. 5 (2013): 407–15.

第5章　ヤギの暮らし

“De tre bukkene Bruse.” In Norske Folkeeventyr. Edited by Peter Christen Asbjørnsen and Jørgen Moe (1843).（邦訳『三びきのやぎのがらがらどん』マーシャ・ブラウン・絵、瀬田貞二・訳、福音館書店、1965年）

写真提供

P4-5、8-9ページ：Tim Bowditch
P18右：© Brooks Kraft/Corbis
P18左：Mark Nunnely
P21：Jenny Paton, Wellcome Trust
P23：Richard Erdoes, San Juan Pueblo deer dance, ca. 1977. Courtesy of Beinecke Rare Book and Manuscript Library, Yale University
P28：著者
P29：Benjamin Waterhouse Hawkins, Man, and the elephant. From Benjamin Waterhouse Hawkins, A comparative view of the human and animal frame (1860), plate six. Courtesy of University of Wisconsin Digital Collections Center
P30上右：Frank Stuart, Nellie, circa 1950. Courtesy of Reuben Hoggett, cyberneticzoo.com
P30上左：“Cybernetic Anthropomorphous Machine”

constructed by General Electric in the 1960s. Courtesy of miSci, Museum of Innovation & Science, Schenectady, New York.
P30下：Guilhem Vellut, Les Machines de l'Ile at Nantes, 2012. https://flickr.com/photos/o_0/7936101566. Creative Commons BY 2.0. Cropped from original.
P39、41：著者
P42：Nicolaas Witsen, een Schaman ofte Duyvel-priester. From Noord en Oost Tartaryen: Behelzende eene beschryving van verschiedene Tartersche en nabuurige gewesten (M. Schalekamp, 1705), 662. Ghent University, digitised by Google Books.
P43上：Alphonso Roybal, Hunters' or Deer Dance, ca. 1932. From C. Szwedzicki, Pueblo Indian painting; 50 reproductions of watercolor paintings (Nice, France, 1932). Courtesy of the University of Cincinnati Libraries, Archives and Rare Books Library.
P43下2点：Richard Erdoes, San Juan Pueblo Deer Dance, ca. 1977. Courtesy of Beinecke Rare Book and Manuscript Library, Yale University.
P48：Löwenmensch of Hohlenstein-Stadel. Photograph: © Sabrina Stoppe. Courtesy of Ulmer Museum, Ulm, Germany.
P50上：Pendant du Sorcier, Salle du Fond at Chauvet-Pont-d'Arc Cave (Ardèche, France). Photograph: J.-M. Geneste © MCC/Centre National de Préhistoire.
P50下：The Shaft Scene at Lascaux Cave (Dordogne, France). Photograph: N. Aujoulat © MCC/Centre National de Préhistoire.
P51上：Breuil H, Un dessin de la grotte des Trois frères at Grotte des Trois-Frères (Ariège, France), 1930. From omptes rendus des séances de l'Académie des Inscriptions et Belles-Lettres, 74e année, N. 3, 1930, 261–64. Courtesy of Wellcome Library, London. Creative Commons BY 4.0.
P51下：Breuil H, Homme masque en Bison at Grotte des Trois-Frères (Ariège, France), ca. 1930. From ibid. Courtesy of Wellcome Library, London. Creative Commons BY 4.0.
P71：Sioban Imms
P74：Vera Marin

P75：著者
P91：© Araldo de Luca/Corbis
P94：Baby being fed milk directly from a goat's teat, Postcard, Havana, Cuba (Havana: C. Jordi, ca. 1930). Courtesy of Wellcome Library, London. Creative Commons BY 4.0.
P101：Liberia Official Scott O48 5c Stamp, Chimpanzee, 1906. http://bigblue1840-1940.blogspot.jp/2013/07/ClassicStampsofLiberia1860-1914.html
P117、124、125：Sioban Imms
P133：Tim Bowditch
P136：Vera Marin
P140、141：Tim Bowditch
P144、153、154、155：著者
P158：© Fahad Shadeed/Reuters/Corbis
P159、163：著者
P170、171 Austin Houldsworth
P174、175：著者
P178、179、180ページ左：Daniel Alexander
P180右：Gerard de Lairesse, Engraving of a dissected human arm, 1685. Plate from Anatomia Humani Corporis (Bidloo, 1685). Courtesy of Wellcome Library, London. Creative Commons BY 4.0.
P182、183：Liam Finn McGarry
P185：著者
P187：Daniel Alexander
P190、191：著者
P192：YiWen Tseng
P193：著者
P205：グリン・ヒース医師
P207：著者
P211-265：Tim Bowditch
P266上：Austin Houldsworth
P266下：Eadweard Muybridge, A goat walking, 1887. (Philadelphia: University of Pennsylvania, 1887). Courtesy of Wellcome Library, London. Creative Commons BY 4.0.

訳者あとがき

「トースター・プロジェクト」から六年、われらのトーマスが、再びトンデモプロジェクト「ヤギ男」とともに帰ってきた。本書はその壮大なる試みをまとめた一冊である。

あのとき学生だった彼も、すでに三十三歳。就職しようとがんばってはみたけれど、なかなか採用してもらえない日々。気がつけば、ガールフレンドはまっとうな職に就いているし（そろそろ結婚も気になるし）、学生時代の友人たちはそれぞれのキャリアを邁進《まいしん》している。一方トーマスはといえば、いまだに実家暮らしのうえ、トースター・プロジェクト以降は鳴かず飛ばずの日々で、割り当てられた仕事は、姪《めい》っ子の愛犬ノギンの散歩だけ。さすがの彼も焦《あせ》るのだが、トーマスが多少人と違うのは、そこで就職活動に本腰を入れるのではなく、将来に対する不安を忘れる、つまり、全力で現実逃避する道を選ぶところだ。そうだ、人間をちょっとだけ休んで動物になれば、このややこしい悩みからも解放されるんじゃないかな？　そうだ、休んじゃおう！　これがトーマスにとっての閃《ひらめ》きとなり、「人間をお休みする」という一大プロジェクトが動き出す（意味がわからない）。

トーマスを、トーマスたらしめたる理由は、なりきる動物を選ぶところにもよく出ている。最初に選んだ象を、いとも簡単にあきらめるのだ。サファリで象を間近に見て、大きすぎ、ヤバイと気づく。いや、わかっていなかったのかと、訳していてさすがに驚いた。挙げ句の果てに「だって、象にはなりたくなくなっちゃったんだもん」と、軽く開き直ってみせる。なんなのそれ、わがままなの？　本気なの？　訳す手が何度止まったかわからない。結局、象をやめてヤギに決めるわけだが、その経過にも、凡人の私は啞然《あぜん》としてしまう（意味がわからない）。でも、トーマスは至って本気だ。まったくメチャクチャだなと思いつつも、時折挟まれる彼の本音と、奮闘する姿を捉《とら》えた写真を見ると、どうしたって憎めない。トーマスの周辺でこのプロジェクトを手伝った多くの人たちも、同じような気持ちだっただろう。とにかく憎めない男なのだ（そして、大胆なようで、メチャクチャ恐がりだ）。

しかし、トーマスのすごいところは、ここからである。一旦《いったん》目標を定めたら（その前の経過がどうであっても）、信じられないようなスピードと熱量で、一気にプロジェクトを進めていく。ルールなんてどうでもいい。危険なんて顧みない。資金提供を申し出ていたウェルコムトラストに、プロジェクトの変更を報告することもあっさり忘れて叱られる。え、そこ？　そこを忘れる？　と驚いていてはトーマスについていくことはできない。なにせ、ヤギになろうとするような男だ。ダメだと言われれば言われるほど燃え上がるトーマスに、周囲がタジタジとなる様子がよくわかる。結局最後は、「死ぬな」という言葉とともに、トーマスを送り出すしかないのだ。

今回のトーマスの「ヤギになって人間をお休みする」という「ヤギ男」プロジェクトは、二〇一六年のイグノーベル生物学賞を受賞した。それからしばらくの間は、トーマスがヤギの四肢を模した装具をつけて、本物のヤギとアルプスで戯《たわむ》れるユーモラスな姿が世界中の人びとの笑いを誘い、大きなニュースとして報道された。私もその報道に触れる度に、またトーマスがやってくれたと、とてもうれしかった。トーマスは今回、悩みから解放されるためにヤギになったのだけれど、結局彼は、自分自身の悩みを忘れることに成功しただけでなく、その試みで世界中の多くの人びとを笑わせることに成功した。お腹《なか》を抱えて笑った人たちは、きっとその瞬間だけは悩みを忘れていたのではないか。それであれば、トーマスの成し遂げたこのプロジェクトは、偉業とも言っていいのではないかと私は思う（たぶん）。

今回のプロジェクトで、トーマスが身をもって教えてくれたのは、笑われる勇気だ。誰がなんと言おうとも、自分の目標に向かって突き進む強さだ。

彼は本書の中でこう訴えている。

「深い知性を離れ、泳ぎ出す僕についてきてくれ。一人だと溺《おぼ》れてしまうかもしれないからね」

もちろんだよ、トーマス。次のプロジェクトがどんなものになるか、果たして次があるのかどうかは誰にもわからないけれど、トーマスが泳ぎだした時には、きっと私もその後ろをワクワクしながらついて行くと思う。

がんばれトーマス、負けるなトーマス。これから先もずっと、私たち読者を驚かせ続けてほしい。

二〇一七年　九月

村井理子

本書は訳し下ろしです。

T・トウェイツ
村井理子訳

ゼロからトースターを作ってみた結果

トースターくらいなら原材料から自分で作れるんじゃね？　と思いたった著者の、汗と笑いの9ヶ月！（結末は真面目な文明論です）

M・クマール
青木　薫訳

量子革命
―アインシュタインとボーア、偉大なる頭脳の激突―

現代の科学技術を支える量子論はニュートン以来の古典的世界像をどう一変させたのか？量子の謎に挑んだ天才物理学者たちの百年史。

P・スヴェンソン
大沢章子訳

ウナギが故郷に帰るとき

どこで生まれて、どこへ去っていくのか？アリストテレスからフロイトまで古代からヒトを魅了し続ける生物界最高のミステリー！

S・シン
青木　薫訳

フェルマーの最終定理

数学界最大の超難問はどうやって解かれたのか？　3世紀にわたって苦闘を続けた数学者たちの挫折と栄光、証明に至る感動のドラマ。

S・シン
青木　薫訳

暗号解読（上・下）

歴史の背後に秘められた暗号作成者と解読者の攻防とは。『フェルマーの最終定理』の著者が描く暗号の進化史、天才たちのドラマ。

S・シン
青木　薫訳

宇宙創成（上・下）

宇宙はどのように始まったのか？　古代から続く最大の謎への挑戦と世紀の発見までを生き生きと描き出す傑作科学ノンフィクション。

フロイト
高橋義孝訳
夢判断（上・下）
日常生活において無意識に抑圧されている欲求と夢との関係を分析、実例を示して詳しく解説することによって人間心理を探る名著。

フロイト
高橋義孝
下坂幸三　訳
精神分析入門（上・下）
自由連想という画期的方法による精神分析の創始者がウィーン大学で行なった講義の記録。フロイト理論を理解するために絶好の手引き。

C・マッカラーズ
村上春樹訳
心は孤独な狩人
アメリカ南部の町のカフェに聾唖の男が現れた――。暗く長い夜、重い沈黙、そして小さな希望。マッカラーズのデビュー作を新訳。

S・モーム
金原瑞人訳
英国諜報員アシェンデン
国際社会を舞台に暗躍するスパイが愛と裏切りと革命の果てに立ち現れる人間の真実を目撃する。文豪による古典エンターテイメント。

H・ジェイムズ
小川高義訳
ねじの回転
イギリスの片田舎の貴族屋敷に身を寄せる兄妹。二人の家庭教師として雇われた若い女が語る幽霊譚。本当に幽霊は存在したのか？

スティーヴンソン
鈴木恵訳
宝島
謎めいた地図を手に、われらがヒスパニオーラ号で宝島へ。激しい銃撃戦や恐怖の単独行、手に汗握る不朽の冒険物語、待望の新訳。

新潮文庫最新刊

角田光代・青木祐子・清水朔・友井羊・額賀澪・織守きょうや著
今夜は、鍋。
―温かな食卓を囲む7つの物語―
美味しいお鍋で、読めば心も体もぽっかぽか。大切な人たちと鍋を囲むひとときを描く珠玉の7篇。〝読む絶品鍋〟を、さあ召し上がれ。

P・オースター　柴田元幸訳
冬の日誌／内面からの報告書
人生の冬にさしかかった著者が、身体と精神の古層を掘り起こし、自らに、あるいは読者に語りかけるように綴った幻想的な回想録。

C・R・ハワード　髙山祥子訳
ナッシング・マン
連続殺人犯逮捕への執念で綴られた一冊の本が、犯人をあぶり出す！　作中作と凶悪犯の視点から描かれる、圧巻の報復サスペンス。

清水克行著
室町は今日もハードボイルド
―日本中世のアナーキーな世界―
日本人は昔から温和は嘘。武士を呪い殺す僧侶、不倫相手を襲撃する女。「日本人像」を覆す、痛快・日本史エンタメ、増補完全版。

加藤秀俊著
九十歳のラブレター
ぼくとあなた。つい昨日まであんなに仲良くしていたのに、もうあなたはどこにもいない。老碩学が慟哭を抑えて綴る最後のラブレター。

望月諒子著
大絵画展
日本ミステリー文学大賞新人賞受賞
180億円で落札されたゴッホ『医師ガシェの肖像』。膨大な借金を負った荘介と茜は、絵画強奪を持ちかけられ……傑作美術ミステリー。

Title : GOATMAN : HOW I TOOK A HOLIDAY FROM BEING HUMAN
Author : Thomas Thwaites

First published in the United States by Princeton Architectural Press
Japanese translation published by arrangement with
Princeton Architectural Press LLC
through The English Agency (Japan) Ltd.

人間《にんげん》をお休《やす》みしてヤギになってみた結果《けつか》

新潮文庫　　シ－38－52

Published 2017 in Japan
by Shinchosha Company

平成二十九年十一月一日　発行
令和　六　年　一　月　十　日　二　刷

訳　者　村《むら》井《い》理《り》子《こ》

発行者　佐藤隆信

発行所　株式会社新潮社

郵便番号　一六二—八七一一
東京都新宿区矢来町七一
電話　編集部(〇三)三二六六—五四四〇
読者係(〇三)三二六六—五一一一
https://www.shinchosha.co.jp

価格はカバーに表示してあります。

乱丁・落丁本は、ご面倒ですが小社読者係宛ご送付ください。送料小社負担にてお取替えいたします。

印刷・錦明印刷株式会社　製本・錦明印刷株式会社

ISBN978-4-10-220003-2　C0198